U0141309

JLPT 新日檢 →

N4&N5

合格實戰
模擬題

　　JLPT（日本語能力測驗）是由國際交流基金和日本國際教育支援協會共同舉辦的全球性日語能力測驗。這項考試自 1984 年開始，專為母語非日語的學習者設計，是唯一由日本政府認證的日語檢定考試。JLPT 目前每年舉行兩次，成績被廣泛應用於大學升學、特殊甄選、企業錄用、公務員考試等多個領域。

　　至 2023 年為止，全球報考 JLPT 人數已超過 148 萬人，創下歷史新高，其中台灣的報考人口密度更高居全球第二。應試目的包括自我能力測試、求職、晉升、大學升學及海外就業等。近年來，隨著 2020 年東京奧運會的舉辦及日本就業市場的活躍，JLPT 的影響力與日俱增。成績優異者將有利於大學入學的特殊甄選，在國內外企業的就業中也具有絕對的優勢。

　　本書正是為了快速應對這樣的社會需求而編寫，希望考生在考前能透過大量的練習題來積累自信和經驗。我認為熟悉考試題型，是取得好成績的關鍵之一。此外，為了方便自學者，本書的解析部分不僅提供正確答案，還包括同義詞與考試要點的詳細說明，是任何考生在考前必備的參考書籍。

　　透過本書的五回模擬試題，希望所有考生都能增強信心，在正式考試中能取得優異成績。最後，特別感謝出版社相關人士對本書出版的協助，謹此致上誠摯謝意。

作者　黃堯燦　朴英美

關於 JLPT（日本語能力測驗）

❶ JLPT 概要

JLPT（Japanese-Language Proficiency Test，日本語能力測驗）是用於評估與認證非日語母語者日語能力的測驗，由國際交流基金與日本國際教育支援協會共同主辦，自 1984 年開始實施。隨著考生群體的多樣化及應試目的的變化，自 2010 年起，JLPT 進行了全面改版，固定每年舉行兩次（7 月與 12 月）。

❷ JLPT的級數和認證基準

級別	測驗內容		認證基準
	測驗科目	時間	
N1	言語知識（文字・語彙・文法）・讀解	110 分鐘	**難易度比舊制 1 級稍難** 【讀】能閱讀且理解較爲複雜及抽象的文章，還能閱讀話題廣泛的新聞或評論，並理解其文章結構及詳細內容。 【聽】能聽懂一般速度且連貫的對話、新聞、課程內容，並且掌握故事脈絡、登場人物關係或大意。
	聽解	55 分鐘	
	合計	165 分鐘	
N2	言語知識（文字・語彙・文法）・讀解	105 分鐘	**難易度與舊制 2 級相當** 【讀】能看懂一般報章雜誌內容，閱讀並解說一般簡單易懂的讀物，並可理解事情的脈絡及其表達意涵。 【聽】能聽懂近常速且連貫的對話、新聞，並能理解其話題走向、內容及人物關係，並掌握其大意。
	聽解	50 分鐘	
	合計	155 分鐘	
N3	言語知識（文字・語彙）	30 分鐘	**難易度介於舊制 2 級與 3 級之間（新增）** 【讀】能看懂日常生活相關內容具體的文章。能掌握報紙標題等概要資訊。能將日常生活情境中接觸難度稍高的文章換句話說，並理解其大意。 【聽】能聽懂稍接近常速且連貫的對話，結合談話內容及人物關係後，可大致理解其內容。
	言語知識（文法）・讀解	70 分鐘	
	聽解	40 分鐘	
	合計	140 分鐘	
N4	言語知識（文字・語彙）	25 分鐘	**難易度與舊制 3 級相當** 【讀】能看懂以基本語彙及漢字組成、用來描述日常生活常見話題的文章。 【聽】能大致聽懂速度稍慢的日常會話。
	言語知識（文法）・讀解	55 分鐘	
	聽解	35 分鐘	
	合計	115 分鐘	
N5	言語知識（文字・語彙）	20 分鐘	**難易度與舊制 4 級相當** 【讀】能看懂平假名、片假名或日常生活中基本漢字所組成的固定詞句、短文及文章。 【聽】在日常生活中常接觸的情境中，能從速度較慢的簡短對話中獲得必要資訊。
	言語知識（文法）・讀解	40 分鐘	
	聽解	30 分鐘	
	合計	90 分鐘	

❸ JLPT測驗結果表

級別	成績分項	得分範圍
N1	言語知識（文字・語彙・文法）	0～60
	讀解	0～60
	聽解	0～60
	總分	0～180
N2	言語知識（文字・語彙・文法）	0～60
	讀解	0～60
	聽解	0～60
	總分	0～180
N3	言語知識（文字・語彙・文法）	0～60
	讀解	0～60
	聽解	0～60
	總分	0～180
N4	言語知識（文字・語彙・文法）・讀解	0～120
	聽解	0～60
	總分	0～180
N5	言語知識（文字・語彙・文法）・讀解	0～120
	聽解	0～60
	總分	0～180

❹ 測試結果通知範例

如下圖，分成①「分項成績」及②「總分」，為了日後的日語學習，還會標上③參考資訊及④百分等級排序。

* 範例：報考 N3 的 Y 先生，收到如下成績單（可能與實際有所不同）

① 分項成績			② 總分	④ 百分等級排序（PR值）
言語知識（文字・語彙・文法）	讀解	聽解		
50/60	**30**/60	**40**/60	**120**/180	**95**

③ 參考資訊	
文字・語彙	文法
A	**B**

③ 參考資訊並非判定合格與否之依據。

A：表示答對率達 67%（含）以上

B：表示答對率 34%（含）以上但未達 67%

C：表示答對率未達 34%

PR 值為 95 者，代表該考生贏過 95% 的考生。

N4

日本語能力認定書

CERTIFICATE
JAPANESE−LANGUAGE PROFICIENCY

氏名
Name

生年月日(y/m/d)
Date of Birth

受験地　　　　　台北　　　　　　　　　Taipei
Test Site

上記の者は　　　年　　月に、台湾において、公益財団法人日本台湾交流協会が、独立行政法人国際交流基金および公益財団法人日本国際際教育支援協会と共に実施した日本語能力試験 N4 レベルに合格したことを証明します。

　　　　　　　　　　　　　　　　　　　　年　　月　　日

This is to certify that the person named above has passed Level N4 of the Japanese-Language Proficiency Test given in Taiwan in December 20XX, jointly administered by the Japan-Taiwan Exchange Association, the Japan Foundation, and the Japan Educational Exchanges and Services.

公益財団法人　日本台湾交流協会
理事長　谷崎　泰明

Tanizaki Yasuaki
President
Japan-Taiwan
Exchange Association

独立行政法人　国際交流基金
理事長　梅本　和義

Umemoto Kazuyoshi
President
The Japan Foundation

公益財団法人　日本国際教育支援協会
理事長　井上　正幸

Inoue Masayuki
President
Japan Educational
Exchanges and Services

在這裡寫下你的目標分數！

以 ⬜ 分通過N5日本語能力考試！

設定目標並每天努力前進，就沒有無法實現的事。
請不要忘記初衷，將這個目標深刻記在心中。希望
你能加油，直到通過考試的那一天！

實戰模擬試題
第 1 回

N5

げんごちしき (もじ・ごい)

(20ふん)

ちゅうい
Notes

1. しけんが はじまるまで、この もんだいようしを あけないで ください。
   Do not open this question booklet until the test begins.

2. この もんだいようしを もって かえる ことは できません。
   Do not take this question booklet with you after the test.

3. じゅけんばんごうと なまえを したの らんに、じゅけんひょうと
   おなじように かいて ください。
   Write your examinee registration number and name clearly in each box below as written on your test voucher.

4. この もんだいようしは ぜんぶで 8ページ あります。
   This question booklet has 8 pages.

5. もんだいには かいとうばんごうの 1 、 2 、 3 … が あります。
   かいとうは、かいとうようしに ある おなじ ばんごうの ところに
   マークして ください。
   One of the row numbers 1 , 2 , 3 … is given for each question. Mark your answer in the same row of the answer sheet.

じゅけんばんごう　Examinee Registration Number	

なまえ　Name	

問題1　＿＿＿＿＿の　ことばは　ひらがなで　どう　かきますか。1・2・3・4から
いちばん　いい　ものを　ひとつ　えらんで　ください。

（れい）　大きな　えが　あります。

　　　　1　おおきな　　2　おきな　　　3　だいきな　　4　たいきな

　　　（かいとうようし）　┌─────┬──────────┐
　　　　　　　　　　　　　│（れい）│ ● ② ③ ④ │
　　　　　　　　　　　　　└─────┴──────────┘

1　せんしゅう、あかんぼうが　生まれました。

　　1　かまれました　　2　はまれました　　3　うまれました　　4　ふまれました

2　これは　ゆうめいな　建物です。

　　1　たちもの　　　　2　たてもの　　　　3　たちぶつ　　　　4　たてぶつ

3　あした　映画を　見に　行きませんか。

　　1　えか　　　　　　2　えが　　　　　　3　えいか　　　　　4　えいが

4　かれは　みんなに　人気が　あります。

　　1　ひとけ　　　　　2　ひとき　　　　　3　にんき　　　　　4　じんき

5　たにださんは　なんにん　家族ですか。

　　1　かぞく　　　　　2　がぞく　　　　　3　がそく　　　　　4　かそく

6　来月は　何月ですか。

　　1　らいげつ　　　　2　らいがつ　　　　3　こんげつ　　　　4　こんがつ

7 きょうは　7がつ　14日です。

　　1　じゅうよんにち　2　じゅうよにち　3　じゅうよっか　4　じゅうよじつ

8 とうきょうは　おおさかの　東に　あります。

　　1　にし　　　　　2　ひがし　　　　3　きた　　　　4　みなみ

9 駅で　しんぶんを　かいました。

　　1　みせ　　　　　2　まち　　　　　3　いえ　　　　4　えき

10 この　道は　ひろいです。

　　1　うち　　　　　2　みち　　　　　3　うみ　　　　4　かわ

11 かばんの　中には　なにが　ありますか。

　　1　うえ　　　　　2　した　　　　　3　なか　　　　4　うしろ

12 この　りんごを　八つ　ください。

　　1　やっつ　　　　2　よっつ　　　　3　みっつ　　　4　むっつ

問題2 _____の ことばは どう かきますか。1・2・3・4から いちばん
いい ものを ひとつ えらんで ください。

(れい) わたしの こどもは はなが すきです。

1 了ども　　　2 子ども　　　3 干ども　　　4 予ども

(かいとうようし)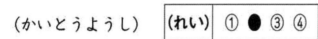

---

13 あさから みみが いたいです。

1 目　　　　　2 耳　　　　　3 口　　　　　4 頭

14 おいしい ごはんの つくりかたを おしえて ください。

1 ご飲　　　　2 ご飢　　　　3 ご飼　　　　4 ご飯

15 ここに じゅうしょを かいて ください。

1 書いて　　　2 食いて　　　3 行いて　　　4 聞いて

16 あそこは なんの みせですか。

1 空　　　　　2 雨　　　　　3 店　　　　　4 本

17 ボールペンを さんぼん かいました。

1 三杯　　　　2 三本　　　　3 三枚　　　　4 三匹

18 わたしは にくが すきです。

1 白　　　　　2 黒　　　　　3 魚　　　　　4 肉

| 19 | やすみの　ひは　なにを　しますか。 |

1　本み　　　　　　2　体み　　　　　　3　休み　　　　　　4　木み

| 20 | つぎの　おりんぴっくは　どこですか。 |

1　オリソピック　　2　オレンピック　　3　オリンピック　　4　オレソピック

問題3 （　　　）に　なにを　いれますか。1・2・3・4から　いちばん　いい
　　　ものを　ひとつ　えらんで　ください。

（れい）　あそこで　バスに　（　　　）。

　　　1　のりました　　　　　　　　2　あがりました

　　　3　つきました　　　　　　　　4　はいりました

　　　（かいとうようし）　| **（れい）** | ● ② ③ ④ |

21　くつしたを　二（　　　）かって　きました。

　　　1　ほん　　　　　2　わ　　　　　　3　かい　　　　　4　そく

22　はこの　なかには　なにが　（　　　）いますか。

　　　1　いれて　　　　2　はいって　　　3　こんで　　　　4　こめて

23　ともだちが　ひっこしを　するので、わたしは　（　　　）に　いきました。

　　　1　てつだい　　　2　およぎ　　　　3　あそび　　　　4　たべ

24　チケットを　かう　ひとは　こちらに　（　　　）ください。

　　　1　たてて　　　　2　すんで　　　　3　ならんで　　　4　つとめて

25　あおやまさんとは　いちど（　　　）あった　ことが　あります。

　　　1　しか　　　　　2　だけ　　　　　3　ほか　　　　　4　ほど

26 ピアノを（　　　）音が　聞こえます。

1　うつ　　　　　　2　うごく　　　　　3　おす　　　　　4　ひく

27 すみません、コピーを　5（　　　）して　ください。

1　しゅう　　　　　2　さら　　　　　　3　ぶ　　　　　　4　さつ

28 ゆうべは（　　　）すぎました。

1　のむ　　　　　　2　のみ　　　　　　3　のんで　　　　4　のんだ

29 つくえの　うえに　えんぴつが（　　　）あります。

1　いっぽん

2　さんぼん

3　ろっぽん

4　はっぽん

30 いまは（　　　）です。

1　よんじ　じゅうろくふん

2　よじ　じゅうろくふん

3　よんじ　じゅうろっぷん

4　よじ　じゅうろっぷん

問題4 ＿＿＿＿＿の ぶんと だいたい おなじ いみの ぶんが あります。
1・2・3・4から いちばん いい ものを ひとつ えらんで ください。

(れい) ここは でぐちです。いりぐちは あちらです。

1 あちらから でて ください。

2 あちらから おりて ください。

3 あちらから はいって ください。

4 あちらから わたって ください。

(かいとうようし) |(れい) ① ② ● ④|

31 おふろに はいった あとで ごはんを たべました。

1 おふろに はいる まえに ごはんを たべました。

2 おふろに はいりながら ごはんを たべました。

3 おふろに はいってから ごはんを たべました。

4 おふろには はいらないで ごはんを たべました。

32 きのう みた ドラマは つまらなかったです。

1 きのう みた ドラマは たのしくなかったです。

2 きのう みた ドラマは おもしろくなかったです。

3 きのう みた ドラマは さびしくなかったです。

4 きのう みた ドラマは かなしくなかったです。

33 ははと　やおやへ　いきました。

　　1　ははと　やさいを　かいに　いきました。

　　2　ははと　さかなを　かいに　いきました。

　　3　ははと　くつを　かいに　いきました。

　　4　ははと　パンを　かいに　いきました。

34 わたしの　へや　より　あねの　へやが　ひろいです。

　　1　わたしの　へやと　あねの　へやは　ひろさが　おなじです。

　　2　わたしの　へやと　あねの　へやは　ひろさが　ちがいます。

　　3　わたしの　へやは　あねの　へやより　ひろいです。

　　4　わたしの　へやは　あねの　へやより　せまいです。

35 ゆうがた　ともだちに　あいました。

　　1　あさ　はやく　ともだちに　あいました。

　　2　よる　おそく　ともだちに　あいました。

　　3　ごぜん　9じごろ　ともだちに　あいました。

　　4　ごご　5じごろ　ともだちに　あいました。

N5

言語知識（文法）・読解

（40ぷん）

注　意
Notes

1. 試験が始まるまで、この問題用紙をあけないでください。
   Do not open this question booklet until the test begins.

2. この問題用紙を持ってかえることはできません。
   Do not take this question booklet with you after the test.

3. 受験番号となまえをしたの欄に、受験票とおなじように
   かいてください。
   Write your examinee registration number and name clearly in each box below as written on your test voucher.

4. この問題用紙は、全部で15ページあります。
   This question booklet has 15 pages.

5. 問題には解答番号の 1 、 2 、 3 … があります。
   解答は、解答用紙にあるおなじ番号のところにマークして
   ください。
   One of the row numbers 1 , 2 , 3 … is given for each question. Mark your answer in the same row of the answer sheet.

受験番号　Examinee Registration Number	

なまえ　Name	

問題1　（　　　　）に　何を　入れますか。1・2・3・4から　いちばん　いい
　　　　ものを　一つ　えらんで　ください。

（れい）　これ（　　　）えんぴつです。

　　　　　1　に　　　　　2　を　　　　　3　は　　　　　4　や

（かいとうようし）　（れい）　① ② ● ④

1　朝　起きると　雪（　　　　）ふって　いました。

　　1　と　　　　　　2　へ　　　　　　3　を　　　　　4　が

2　友だちと　こうえん（　　　　）会う　やくそくを　しました。

　　1　に　　　　　　2　で　　　　　　3　も　　　　　4　の

3　山田「田中さんは　海へ　よく　行きますね。」
　　田中「はい、海が（　　　　）からです。」

　　1　すき　　　　　2　すきだ　　　　3　きらい　　　4　きらいだ

4　学校へは（　　　　）行きますか。

　　1　なにも　　　　2　なにに　　　　3　なにへ　　　4　なにで

5　わたしの　家は　会社から（　　　　）遠く　ないです。

　　1　こんなに　　　2　そんなに　　　3　あんなに　　4　どんなに

6 田中さんは　コンビニ（　　　　）はたらいて　います。

1　で　　　　　　　2　に　　　　　　　3　が　　　　　　　4　へ

7 こんげつに　はいって（　　　　）なりました。

1　さむい　　　　　2　さむくて　　　　3　さむく　　　　4　さむくないで

8 ここから　駅まで　歩いて　20分（　　　　）かかります。

1　ごろ　　　　　　2　しか　　　　　　3　ところ　　　　4　ほど

9 子どもたちが　運動場（　　　　）走って　います。

1　へ　　　　　　　2　に　　　　　　　3　を　　　　　　　4　は

10 A「あした　公園へ　行きますか。」

B「はい、（　　　　）。」

1　そうです　　　　　　　　　　　2　行きます

3　そうでは　ありません　　　　　4　行きません

11 30日（　　　　）しゅくだいを　出して　ください。

1　あいだ　　　　　2　あいだに　　　　3　まで　　　　　4　までに

12 みなさん、ここ（　　　　）バスに　乗って　行きます。

1　ところは　　　　2　にでも　　　　　3　からは　　　　4　ばかりは

13 朝ごはんを（　　　　）学校へ　行きました。

1　たべなくて　　　2　たべないで　　　3　たべないから　4　たべないので

24

14 きのう 仕事が 終わったのは 8時（　　　　）でした。

1 ごろ　　　　　　2 ばかり　　　　　3 など　　　　　4 うち

15 A「夏休みに どこかへ 行きますか。」

B「行きたいですが、まだ（　　　　）お金が ありません。」

1 学生ので　　　2 学生だので　　　3 学生なので　　　4 学生でので

16 田中「山田さん、どうぞ たべて ください。」

山田「はい、（　　　　）。」

1 どういたしまして　　　　　　　2 おいしかったです

3 いただきます　　　　　　　　　4 ごちそうさまでした

問題2　___★___　に　入る　もの　どれですか。1・2・3・4から　いちばん
いい　ものを　一つ　えらんで　ください。

_____

(もんだいれい)

A「____　____　_★_　____　か。」
B「山田さんです。」

1　です　　　　　2　は　　　　　　3　あの　人　　4　だれ

(こたえかた)

1. ただしい　文を　つくります。

> A「_____　_____　__★__　_____　か。」
>
> 　　3　あの　人　　2　は　　　4　だれ　　1　です
>
> B「山田さんです。」

2. ___★___　に　入る　ばんごうを　くろく　ぬります。

　　(かいとうようし)　　(れい)　①　②　③　●

_____

17　むすこ「おかあさん、こうえんへ　いって　きます。」

　　母　　「ひろし、____　____　_★_　____　家に　かえって　きなさい。」

　　1　まえ　　　　　　2　なる　　　　　　3　くらく　　　　　4　に

26

18 A「あした　休みですね。」

B「そうですね、いっしょに ＿＿＿ ＿＿＿ ★ ＿＿＿ 行きませんか。」

1　で　　　　　　2　見に　　　　　　3　えいが　　　　　4　も

19 A「えんぴつ ＿＿＿ ＿＿＿ ★ ＿＿＿ 書いて ください。」

B「はい、わかりました。」

1　で　　　　　　2　では　　　　　　3　なくて　　　　　4　ボールペン

20 わたしは　いつも ＿＿＿ ＿＿＿ ★ ＿＿＿ ごはんを　たべます。

1　に　　　　　　2　はいって　　　　3　おふろ　　　　　4　から

21 A「次の ＿＿＿ ＿＿＿ ★ ＿＿＿ 行って ください。」

B「次の　かどですか。わかりました。」

1　まっすぐに　　2　右に　　　　　　3　まがって　　　　4　かどを

問題3　22 から 26 に 何を 入れますか。ぶんしょうの いみを かんがえて、1・2・3・4から いちばん いい ものを 一つ えらんで ください。

「わたしの 一日」

　わたしは 韓国から 来た りゅうがくせいです。今は まだ 日本語学校で べんきょうして います。

　わたしは 毎朝 7時に 起きます。朝 起きて、22 顔を あらって、はを みがきます。それから 朝ごはんを 食べます。朝ごはんに パンを 食べる 人も いますが、私は 23 ごはんです。パンは 食べても おなか いっぱいに ならない からです。

　日本語学校は 9時に 24 1時に おわります。日本語の じゅぎょうは とても 楽しいです。いっしょうけんめいに べんきょうして はやく じょうず に なりたいです。日本語学校が 25 ランチを 食べます。2時から 6時ま では コンビニで バイトを して います。

　バイトが おわって 家に 着くのは 7時ごろです。シャワーを 26 ばん ごはんを 食べます。それから その日 習った ことを べんきょうします。12時 まで べんきょうして ねます。来年は 日本の 大学に 入って べんきょうし たいです。

22

| | 1 さきから | 2 さっき | 3 まず | 4 まえに |

23

| | 1 きょうは | 2 いつも | 3 いつか | 4 いつ |

24

| | 1 はじまって | 2 はじまるが | 3 はじめて | 4 はじめるが |

25

| | 1 おわるから | 2 おわらないから | 3 おわったから | 4 おわってから |

26

| | 1 とって | 2 あびて | 3 こめて | 4 いれて |

問題4　つぎの　（1）から　（3）の　ぶんしょうを　読んで、しつもんに
こたえて　ください。こたえは、1・2・3・4から　いちばん　いい
ものを　一つ　えらんで　ください。

（1）

先週の　日曜日、友だちと　海へ　行って　きました。海が　見たく　なったから
です。車で　行きましたが、道が　こんで　いて　3時間も　かかりました。たい
へんでしたが、きれいで　広い　海を　見て、きぶんが　よく　なりました。風が
強くて　寒かったので、海に　人は　あまり　いませんでした。わたしと　友だちは
夏休みに　また　来る　やくそくを　しました。

27　なぜ　先週の　日曜日、海に　人が　あまり　いませんでしたか。

1　道が　こんで　いたからです。

2　海まで　遠いからです。

3　天気が　よく　なかったからです。

4　雨が　ふって　いたからです。

（2）

> きのうは　母の　たんじょう日でした。それで　父が　ケーキを　買って　きました。わたしは　母の　たんじょう日　プレゼントに　花を　買って　きました。夜、家族　みんなで　たんじょう日の　歌を　歌いました。そして　ケーキも　食べました。母は「ありがとう」と　言いました。私も　うれしかったです。

28　家族は　きのう、何を　しましたか。

（3）

うちには「アトム」と いう かわいい 犬が います。わたしは アトムと 遊ぶのが 本当に 好きです。そして アトムは、公園へ さんぽに 行くのが 大好きです。アトムは 公園に 行って、ほかの 犬たちと 遊ぶのが 好きだからです。わたしも 公園に 行って、学校の 友だちと 遊ぶのが 好きで、毎日 アトムと 公園へ 行きます。

29 アトムは なぜ 公園へ 行くのが 好きですか。

1 ほかの 犬と 遊ぶ ことが できるからです。

2 わたしと 公園で 遊ぶ ことが できるからです。

3 公園を さんぽするのが 好きだからです。

4 わたしの 友だちと 遊ぶのが 好きだからです。

問題5 つぎの　ぶんしょうを　読んで、しつもんに　こたえて　ください。
こたえは、1・2・3・4から、いちばん　いい　ものを　一つ　えらんで
ください。

きのうは　にちよう日でしたが、あさ　10時ごろから　あめが　ふりました。そ
れで　どこへも　遊びに　行かないで　家に　いました。

家で　学校の　しゅくだいを　しましたが、しゅくだいが　多くて　ほんとうに
こまりました。あさ　11時に　はじめて、ごご　2時に　おわりました。2時に
ひるごはんを　食べて、リビングで　テレビを　見て　いましたが、テレビを　見
ながら　ねて　しまいました。5時ごろ　ははが　わたしを　おこしました。はは
は　わたしに　駅まで　かさを　もって　行きなさいと　言いました。あさ　早く
出かけた　あにが、かさを　もって　行かなかったからです。それで　わたしは
かさを　もって　駅まで　行きました。

駅で　あには　わたしを　見て「ありがとう」と　言いました。駅から　あにと
ふたりで　あるいて　家まで　かえって　きました。　ははは　わたしに「ほんと
うに　いい　子だね」と　言いました。わたしは　うれしく　なりました。

---

30 どうして　この　人は　どこへも　遊びに　行かないで　家に　いましたか。

　　1　あめが　ふったからです。

　　2　あさねぼうを　したからです。

　　3　テレビを　見たからです。

　　4　しゅくだいが　多かったからです。

31 この ぶんに ついて ただしいのは どれですか。

1 きのうは ほんとうに いい てんきでした。

2 きのうは どこへも 行きませんでした。

3 駅で あにに 会いました。

4 学校の しゅくだいは 少なかったです。

問題6 右の ページを 見て、下の しつもんに こたえて ください。こたえは、
1・2・3・4から いちばん いい ものを 一つ えらんで ください。

32 志村さんは、子ども 二人と 2時間 テニスを したいです。お金は 全部で
いくら はらいますか。

1 800円

2 1,200円

3 1,600円

4 2,000円

にこにここうえんの　りよう　あんない

		りょうきん	りようじかん
テニスコート	おとな	400円　（1時間)	
	こども	200円　（1時間)	
サッカーじょう	おとな	300円　（2時間)	10月から3月　9：00〜17：00 4月から9月　9：00〜18：00
	こども	150円　（2時間)	
やきゅうじょう	おとな	900円　（3時間)	
	こども	450円　（3時間)	

N5

<ruby>聴解<rt>ちょうかい</rt></ruby>

(30<ruby>分<rt>ぷん</rt></ruby>)

<ruby>注<rt>ちゅう</rt></ruby> <ruby>意<rt>い</rt></ruby>
Notes

1. <ruby>試験<rt>しけん</rt></ruby>が<ruby>始<rt>はじ</rt></ruby>まるまで、この<ruby>問題用紙<rt>もんだいようし</rt></ruby>を<ruby>開<rt>あ</rt></ruby>けないでください。
   Do not open this question booklet until the test begins.

2. この<ruby>問題用紙<rt>もんだいようし</rt></ruby>を<ruby>持<rt>も</rt></ruby>って<ruby>帰<rt>かえ</rt></ruby>ることはできません。
   Do not take this question booklet with you after the test.

3. <ruby>受験番号<rt>じゅけんばんごう</rt></ruby>と<ruby>名前<rt>なまえ</rt></ruby>を<ruby>下<rt>した</rt></ruby>の<ruby>欄<rt>らん</rt></ruby>に、<ruby>受験票<rt>じゅけんひょう</rt></ruby>と<ruby>同<rt>おな</rt></ruby>じように<ruby>書<rt>か</rt></ruby>いてください。
   Write your examinee registration number and name clearly in each box below as written on your test voucher.

4. この<ruby>問題用紙<rt>もんだいようし</rt></ruby>は、<ruby>全部<rt>ぜんぶ</rt></ruby>で14ページあります。
   This question booklet has 14 pages.

5. この<ruby>問題用紙<rt>もんだいようし</rt></ruby>にメモをとってもいいです。
   You may make notes in this question booklet.

<ruby>受験番号<rt>じゅけんばんごう</rt></ruby> Examinee Registration Number	

<ruby>名前<rt>なまえ</rt></ruby> Name	

もんだい
問題 1

問題 1 では、はじめに　しつもんを　きいて　ください。それから
はなしを　きいて、もんだいようしの　1 から 4 の　なかから、いちばん
いい　ものを　ひとつ　えらんで　ください。

れい

1　チーズ　ケーキ

2　いちご　ケーキ

3　チョコ　ケーキ

4　なまクリーム　ケーキ

1ばん

2ばん

1　ひとりで　ゆうびんきょくへ　いきます

2　おとこのひとと　ゆうびんきょくへ　いきます

3　けいさつかんに　みちを　ききます

4　おとこのひとと　けいさつかんに　みちを　ききます

3ばん

1　コンビニへ　べんとうを　かいに　いきます

2　レストランへ　べんとうを　かいに　いきます

3　ともだちに　あって　レストランへ　いきます

4　ともだちに　あって　べんとうを　かいに　いきます

4ばん

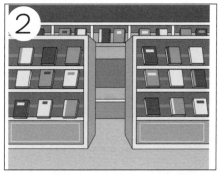

5ばん

1 やおやへ いって たまねぎを かって きます

2 スーパーへ いって ミルクを かって きます

3 おんなのひとと やおやへ たまねぎを かいに いきます

4 おんなのひとと スーパーへ ミルクを かいに いきます

6ばん

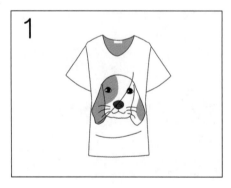

7ばん

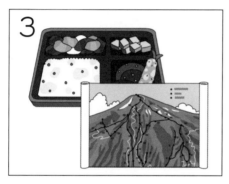

問題 2

<ruby>問題<rt>もんだい</rt></ruby>2

問題2では、はじめに　しつもんを　きいて　ください。それから　はなしを
きいて、もんだいようしの　1から4の　なかから、いちばん　いい　ものを　ひとつ
えらんで　ください。

れい

1　しごとが　たいへんだから

2　よるに　なったから

3　こどもに　なかれたから

4　こどもが　うまれたから

1ばん

1　おいしくて、やすいです

2　おいしいですが、たかいです

3　おいしくないですが、やすいです

4　おいしくなくて、たかいです

2ばん

1　9月 8日

2　9月 4日

3　5月 8日

4　5月 4日

3ばん

1　かみ

2　えんぴつ

3　えんぴつか　かみ

4　えんぴつか　ボールペン

4ばん

1　ざんぎょうを　しなければならないから

2　かぜが　つよい　ひは　きらいだから

3　かぜで　のどが　いたいから

4　カラオケが　すきでは　ないから

5ばん

1 すいようびの　ごご

2 すいようびの　ごぜんちゅう

3 かようびの　ごご

4 かようびの　ごぜんちゅう

6ばん

1 ほかの　かいしゃに　いくからです

2 けっこんを　するからです

3 がいこくへ　いくからです

4 おやの　しごとを　てつだうからです

問題 3

　問題 3 では、えを　みながら　しつもんを　きいて　ください。(やじるし)の
ひとは　なんと　いいますか。1 から 3 の　なかから、いちばん　いい　ものを
ひとつ　えらんで　ください。

れい

1ばん

2ばん

3 ばん

4 ばん

5ばん

問題 4

問題 4 は、えなどが ありません。ぶんを きいて、1 から 3 の なかから、いちばん いい ものを ひとつ えらんで ください。

― メモ ―

在這裡寫下你的目標分數！

以 ⬚ 分通過N5日本語能力考試！

設定目標並每天努力前進，就沒有無法實現的事。
請不要忘記初衷，將這個目標深刻記在心中。希望
你能加油，直到通過考試的那一天！

實戰模擬試題
第 2 回

N5

げんごちしき (もじ・ごい)

(20ふん)

じゅけんばんごう　Examinee Registration Number	

なまえ　Name	

問題1 ＿＿＿＿の ことばは ひらがなで どう かきますか。1・2・3・4から
いちばん いい ものを ひとつ えらんで ください。

（れい）　大きな えが あります。

1　おおきな　　2　おきな　　　3　だいきな　　4　たいきな

（かいとうようし）　｜（れい）｜ ● ② ③ ④ ｜

---

1 朝、なんじに おきますか。

1　あめ　　　　　2　あい　　　　　3　あさ　　　　　4　あお

2 これは 日本語で なんと よみますか。

1　にほんご　　　2　にほんじん　　3　にぽんご　　　4　にぽんじん

3 あしたは 9じに 学校に いきます。

1　がこう　　　　2　がっこう　　　3　かこ　　　　　4　かっこう

4 ともだちと 食堂で ごはんを たべました。

1　しょくとう　　2　しょくどう　　3　しょくと　　　4　しょくど

5 この みせは ひとが 多いですね。

1　おおきい　　　2　あおい　　　　3　おおい　　　　4　あつい

6 きのうは ともだちと ビールを 三本も のみました。

1　さほん　　　　2　さんほん　　　3　さんぽん　　　4　さんぼん

7 毎日 こうえんを さんぽします。

1 まいあさ 　　　 2 まいど 　　　 3 まいひ 　　　 4 まいにち

8 わたしの 母は せんせいです。

1 はは 　　　 2 ちち 　　　 3 おかあさん 　　　 4 おとうさん

9 らいねん、だいがくに 入ります。

1 あいります 　　　 2 はいります 　　　 3 おわります 　　　 4 かわります

10 この クラスには 男の ひとが たくさん いますね。

1 おどこ 　　　 2 おどご 　　　 3 おとご 　　　 4 おとこ

11 窓から うみが みえます。

1 まだ 　　　 2 まど 　　　 3 まち 　　　 4 まえ

12 カフェで コーヒーを 飲みます。

1 うみます 　　　 2 しみます 　　　 3 やすみます 　　　 4 のみます

問題2 _____の ことばは どう かきますか。1・2・3・4から いちばん
いい ものを ひとつ えらんで ください。

(れい) わたしの こどもは はなが すきです。

1 了ども　　　2 子ども　　　3 干ども　　　4 予ども

(かいとうようし) 　(れい) ① ● ③ ④

---

13 がっこうの まえに コンビニが あります。

1 町　　　　2 前　　　　3 首　　　　4 育

14 ここから みぎに まがって ください。

1 左　　　　2 下　　　　3 右　　　　4 力

15 パンを ふたつも たべました。

1 食べました　　2 飲べました　　3 読べました　　4 話べました

16 この ふたつは おなじ サイズです。

1 回じ　　　　2 円じ　　　　3 口じ　　　　4 同じ

17 あなたの くには どこですか。

1 固　　　　2 図　　　　3 国　　　　4 区

18 むかしは よく この かわで あそびました。

1 小　　　　2 川　　　　3 下　　　　4 千

19 ねる　まえに　しゃわーを　あびます。

1　シャワー　　　2　ツャワー　　　3　シャウー　　　4　ツャウー

20 たなかさんは　めが　きれいですね。

1　百　　　　　2　日　　　　　3　目　　　　　4　白

問題3　（　　　　）に　なにを　いれますか。1・2・3・4から　いちばん　いい
　　　　ものを　ひとつ　えらんで　ください。

（れい）　あそこで　バスに　（　　　　）。

　　　　1　のりました　　　　　　　　2　あがりました
　　　　3　つきました　　　　　　　　4　はいりました

　　　　（かいとうようし）　　（れい）　● ② ③ ④

21　おかねは　（　　　　）に　いれます。

　1　　　　　　　　　2　　　　　　　　3　　　　　　　　4

22　（　　　　）で　ほんを　かりました。

　　1　としょかん　　　2　ぎんこう　　　3　しょくどう　　　4　びょういん

23　きのうは　（　　　　）11じに　ねました。

　　1　はる　　　　　　2　あめ　　　　　3　よる　　　　　4　かさ

24　いえから　かいしゃまで　とても　（　　　　）です。

　　1　あつい　　　　　2　やすい　　　　3　おおきい　　　4　とおい

25　ともだちと　（　　　　）えいがを　みました。

　　1　おいしい　　　　2　おもしろい　　　3　たかい　　　4　ちかい

26 （　　　　）は　なんじに　かえりましたか。

1　まいにち　　　　2　まいあさ　　　　3　きせつ　　　　4　ゆうべ

27 たんじょうびの　プレゼントは　なにが（　　　　）ですか。

1　ほしい　　　　2　ちいさい　　　　3　ねむい　　　　4　もちたい

28 やまに（　　　　）のが　すきです。

1　のぼる　　　　2　でる　　　　3　ふる　　　　4　こまる

29 かのじょの　なまえを（　　　　）。

1　なれました　　2　はきました　　3　わすれました　4　かかりました

30 アメリカは（　　　　）いきました。

1　いっさつ　　　　2　いちど　　　　3　いっぽん　　　　4　いちじ

問題4 ＿＿＿＿＿の ぶんと だいたい おなじ いみの ぶんが あります。
1・2・3・4から いちばん いい ものを ひとつ えらんで ください。

（れい）　ここは でぐちです。いりぐちは あちらです。

　　　1　あちらから でて ください。

　　　2　あちらから おりて ください。

　　　3　あちらから はいって ください。

　　　4　あちらから わたって ください。

（かいとうようし）　｜（れい）｜ ① ② ● ④ ｜

31　かいしゃまで くるまで いきます。

　　　1　かいしゃまで じどうしゃで いきます。

　　　2　かいしゃまで じてんしゃで いきます。

　　　3　かいしゃまで ちかてつで いきます。

　　　4　かいしゃまで でんしゃで いきます。

32　へやの でんきを けしました。

　　　1　へやを ひろく しました。

　　　2　へやを あかるく しました。

　　　3　へやを くらく しました。

　　　4　へやを せまく しました。

33 けさは　7じに　おきました。

　　1　きょうの　よるは　7じに　おきました。

　　2　きょうの　あさは　7じに　おきました。

　　3　きのうの　よるは　7じに　おきました。

　　4　きのうの　あさは　7じに　おきました。

34 にほんごの　テストは　とても　かんたんでした。

　　1　にほんごの　テストは　とても　わるかったです。

　　2　にほんごの　テストは　とても　やすかったです。

　　3　にほんごの　テストは　とても　むずかしかったです。

　　4　にほんごの　テストは　とても　やさしかったです。

35 まどが　あいて　います。

　　1　まどが　しまって　いません。

　　2　まどが　あけて　いません。

　　3　まどが　ついて　いません。

　　4　まどが　きえて　いません。

N5

言語知識（文法）・読解

（40ぷん）

受験番号 Examinee Registration Number	

なまえ Name	

問題1 （　　　　）に 何^{なに}を 入^いれますか。1・2・3・4から いちばん いい
　　　　ものを 一^{ひと}つ えらんで ください。

（れい）　これ（　　　）えんぴつです。

　　　　1　に　　　　　2　を　　　　　3　は　　　　　4　や

　　　（かいとうようし）　　| （れい） | ① ② ● ④ |

第2回

1　この かさは だれ（　　　　）ですか。

　　1　は　　　　　　2　が　　　　　　3　の　　　　　　4　も

2　れいぞうこに くだもの（　　　　）やさいが あります。

　　1　や　　　　　　2　に　　　　　　3　も　　　　　　4　を

3　わたしは やさしい 人^{ひと}（　　　　）すきです。

　　1　を　　　　　　2　が　　　　　　3　も　　　　　　4　で

4　みんな（　　　　）しゃしんを とりましょう。

　　1　や　　　　　　2　が　　　　　　3　に　　　　　　4　で

5　さむくて セーターを（　　　　）きました。

　　1　にかい　　　　2　にほん　　　　3　にまい　　　　4　にさつ

6　きむらさんは 白^{しろ}い スカートを（　　　　）。

　　1　きて います　　　　　　　　2　はいて います

　　3　かけて います　　　　　　　4　かぶって います

69

7 いえから　学校まで　バスで　35分（　　　　）かかります。

1　ごろ　　　　　　2　など　　　　　　3　とか　　　　　4　ぐらい

8 この　かしゅは　ゆうめい（　　　　）なりました。

1　に　　　　　　　2　で　　　　　　　3　は　　　　　　4　と

9 A「あなたは　日本人ですか。」

B「いいえ、（　　　　）。」

1　ちがいます　　2　そうですよ　　3　わかりません　4　わすれました

10 わたしは　ふね（　　　　）福岡に　行きました。

1　を　　　　　　　2　に　　　　　　　3　で　　　　　　4　まで

11 明日は　にちようび（　　　　）休みます。

1　から　　　　　　2　なから　　　　　3　だから　　　　4　のから

12 （　　　　）時間が　あります。いそがなくても　いいです。

1　もう　　　　　　2　まだ　　　　　　3　はやく　　　　4　では

13 いい　てんきですね。さんぽ（　　　　）いきませんか。

1　をに　　　　　　2　にでも　　　　　3　へに　　　　　4　をでも

14 今週は　ゆっくり（　　　　）たいです。

1　休ま　　　　　　2　休む　　　　　　3　休め　　　　　4　休み

15 さようなら。（　　　）あいましょう。

　　1　また　　　　　　2　まだ　　　　　　3　では　　　　　　4　じゃ

16 （　　　）おわりますから　まって　ください。

　　1　いつも　　　　　　2　あまり　　　　　3　すぐ　　　　　　4　もっと

問題2 _____ ★ に 入る もの どれですか。1・2・3・4から いちばん
いい ものを 一つ えらんで ください。

_____

(もんだいれい)

A「_____ _____ ★ _____ か。」
B「山田さんです。」

1 です   2 は   3 あの 人   4 だれ

(こたえかた)

1. ただしい 文を つくります。

┌───┐
│ A「_____ _____ ★ _____ か。」   │
│   3 あの 人   2 は   4 だれ   1 です   │
│   │
│ B「山田さんです。」   │
└───┘

2. __★__ に 入る ばんごうを くろく ぬります。

    (かいとうようし)   [(れい) ① ② ③ ●]

_____

17 今週の _____ _____ ★ _____ か。
    1 花見   2 行きません   3 に   4 土よう日

18 明日が しけんだから、としょかん _____ _____ ★ _____
    しました。
    1 で   2 も   3 べんきょう   4 3じかん

72

19 A「はやく　来^きた　人^{ひと} ＿＿＿＿＿ ＿＿＿＿＿ ＿★＿＿＿ ＿＿＿＿＿ か。」

B「はい、そうです。」

1　です　　　　　2　田中^{たなか}さん　　　3　は　　　　　4　だけ

20 A「となりの　へやに　だれが　いましたか。」

B「となりの　へや＿＿＿＿＿ ＿＿＿＿＿ ＿★＿＿＿ ＿＿＿＿＿ でした。」

1　しか　　　　　2　いません　　　3　には　　　　4　佐藤^{さとう}さん

21 何^{なに} ＿＿★＿＿ ＿＿＿＿＿ ＿＿＿＿＿ ＿＿＿＿＿ 食^たべたいですね。

1　が　　　　　　2　か　　　　　　3　もの　　　　4　あまい

問題3 22 から 26 に 何を 入れますか。ぶんしょうの いみを かんがえて、1・2・3・4から いちばん いい ものを 一つ えらんで ください。

アメリカで べんきょうして いる 高校生が「わたしの 家族」の ぶんしょうを 書いて、クラスの みんなの 前で 読みました。

　わたしの 家族を しょうかいします。わたしは 5人 家族です。父と 母と 兄と 妹が います。父は 銀行いんです。いつも 仕事が 22 と いいます。23 帰りが おそいです。母は しゅふで やさしいです。母の りょうりは 24 おいしいです。25 すきやきが おいしいです。兄は 今年、大学生に なりました。大学で 日本の ぶんかを べんきょうして います。兄は バスケットボールが とくいです。子どもの 時は よく わたしと バスケットボールを しました。妹は 中学生です。妹は ピアノが 上手です。あとで 音楽の先生に 26 と 言って います。わたしは 今 アメリカに いますから、家族に 会えません。はやく 日本に 帰って 家族に 会いたいです。そして 母の りょうりも 食べたいです。

22

　　1　やさしい　　　2　かんたんだ　　3　いそがしい　　4　にぎやかだ

23

　　1　それから　　　2　しかし　　　3　それで　　　　4　でも

24

| 1 ぜんぶ | 2 どちら | 3 なにか | 4 どうも |

25

| 1 たぶん | 2 とくに | 3 もっと | 4 たいてい |

26

| 1 のぼりたい | 2 つくりたい | 3 かきたい | 4 なりたい |

問題4 つぎの （1）から （3）の ぶんしょうを 読んで、しつもんに こたえて ください。こたえは、1・2・3・4から いちばん いい ものを 一つ えらんで ください。

（1）

中国の 友だちが 山田さんに 手紙を 書きました。

山田さん、お元気ですか。今年 わたしは 会社いんに なりました。大きくない 会社ですが、仕事は 楽しいです。仕事が おわったら 会社の 友だちと えいがを 見たり、ごはんを 食べたり します。日本に いる 時も 山田さんと よく えいがを 見ましたね。山田さんに 会いたいです。中国に 来る 時は れんらくして ください。

---

27 仕事が おわって この 人は 何を しますか。

1 会社の 人と おさけを 飲みます。

2 会社の 人と しょくじを します。

3 日本人の 友だちと えいがを 見ます。

4 日本人の 友だちと ゆうごはんを 食べます。

（2）

わたしは　えいがを　見るのが　すきです。一週間に　いっかいは　友だちと　えいがかんに　行きます。でも、一人で　行く　時も　あります。いろいろな　えいがを　見ますが、こわい　えいがは　見ません。えいがを　見る　ときは、コーラを　飲んだり　お茶を　飲んだり　します。

28　この　人は　何を　するのが　すきですか。

（3）

わたしは　毎朝　7時に　起きます。きょうは　7時　30分に　朝ごはんを　食べてから　学校に　行きました。学校まで　バスで　30分ぐらい　かかります。明日から　テストだから　今日は　としょかんで　5時まで　べんきょうしました。ひるごはんは　友だちと　いっしょに　ハンバーガーを　食べました。おいしかったです。

29　ぶんしょうに　ついて　ただしいのは　どれですか。

1　今日、7時に　起きました。

2　家から　学校まで　ちかてつで　30分ぐらい　かかります。

3　あさってから　テストが　はじまります。

4　としょかんで　7時から　5時まで　べんきょうしました。

問題5 つぎの ぶんしょうを 読んで、しつもんに こたえて ください。
こたえは、1・2・3・4から、いちばん いい ものを 一つ えらんで
ください。

来週、わたしは 家族と ほっかいどうに 旅行に 行きます。東京から ほっかいどうまで ひこうきで 1時間 40分 ぐらい かかります。しんかんせんは もっと かかります。でも、母は きれいな 山々が 見たいから しんかんせんで 行きたいと 言いました。わたしたちも 山が 見たいから そうしましょうと 言いました。ねだんは しんかんせんの ほうが もっと 安かったです。

わたしたちの 家族は りょかんに 3泊 します。ほっかいどうは かにりょうりが ゆうめいです。ほかにも おいしい りょうりが たくさん あります。父は おいしいものを 食べながら ビールも 飲みたいと 言って います。母は おんせんに 入りたがって います。姉は どうぶつえんに 行きたいと 言って います。わたしは やけいが きれいな ところに 行って みたいです。みんな、したい ことや 食べたい ものが たくさん あります。来週の 旅行が とても 楽しみです。

30 この 人の 家族は どうして しんかんせんで ほっかいどうに 行きますか。

1 ひこうきより しんかんせんの ほうが はやいから

2 ひこうきより しんかんせんの ほうが べんりだから

3 しんかんせんの けしきを ゆっくり 見たいから

4 けしきを 見ながら 行きたいから

31 ぶんしょうに ついて ただしいのは どれですか。

1 この 人は 来週 3人で 旅行に 行きます。

2 この 人の お父さんは かにりょうりが 食べたくて 行きます。

3 この 人の お姉さんは ほっかいどうで 動物を 見たがって います。

4 この 人の 家族は 3日間 ホテルに とまります。

問題6 右の ページを 見て、下の しつもんに こたえて ください。こたえは、
1・2・3・4から いちばん いい ものを 一つ えらんで ください。

32 12月24日に ABCピザの かいいんに なって、36cmの カニマヨピザと シーザ
ーサラダを ちゅうもんすると いくら はらいますか。

1 4,250円

2 3,810円

3 4,220円

4 3,885円

ABCピザ

　まいど、ありがとうございます。ABCピザから　5周年を　きねんして、冬の　おとくな　メニューが　出ました。12月1日から　2月15日まで冬の　おとくな　メニューを　ちゅうもんすると　10％　安くなります。ネットや　電話　または　お店で　ちゅうもんできます。

　ABCピザの　かいいんに　なると、サイドメニューの　5％　わりびきのクーポンを　さしあげますので、ぜひ　利用して　ください。

冬の　おとくな　メニュー

1）カルボナーラピザ　　　：M 25cm　1,950円　/　L 36cm　3,300円

2）カニマヨピザ　　　　　：M 25cm　2,200円　/　L 36cm　3,600円

3）プルコギポテトピザ　：M 25cm　2,150円　/　L 36cm　3,500円

サイドメニュー

1）かにと　えびの　グラタン　：580円

2）フレンチフライ　　　　　　：350円

3）シーザーサラダ　　　　　　：600円

N5

聴解
ちょうかい

（30分）
ぷん

注 意
ちゅう い
Notes

1. 試験が始まるまで、この問題用紙を開けないでください。
   しけん はじ もんだいようし あ
   Do not open this question booklet until the test begins.

2. この問題用紙を持って帰ることはできません。
   もんだいようし も かえ
   Do not take this question booklet with you after the test.

3. 受験番号と名前を下の欄に、受験票と同じように書いて
   じゅけんばんごう なまえ した らん じゅけんひょう おな か
   ください。
   Write your examinee registration number and name clearly in each box below as
   written on your test voucher.

4. この問題用紙は、全部で14ページあります。
   もんだいようし ぜんぶ
   This question booklet has 14 pages.

5. この問題用紙にメモをとってもいいです。
   もんだいようし
   You may make notes in this question booklet.

受験番号 Examinee Registration Number	
じゅけんばんごう	

名前 Name	
な まえ	

<ruby>問題<rt>もんだい</rt></ruby>1

問題1では、はじめに　しつもんを　きいて　ください。それから
はなしを　きいて、もんだいようしの　1から4の　なかから、いちばん
いい　ものを　ひとつ　えらんで　ください。

れい

1　チーズ　ケーキ

2　いちご　ケーキ

3　チョコ　ケーキ

4　なまクリーム　ケーキ

1ばん

2ばん

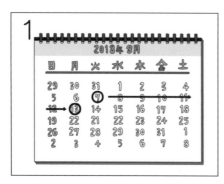

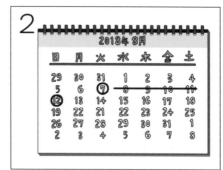

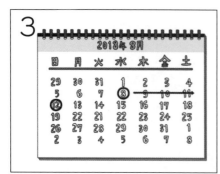

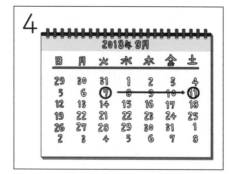

3ばん

1　としょかんに　いって　ほんを　さがします

2　なにが　かきたいか　かんがえます

3　レポートを　かくのを　やめます

4　としょかんで　レポートを　かきます

4ばん

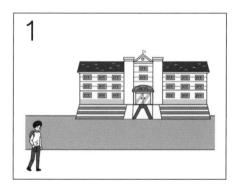
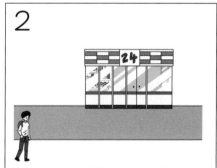
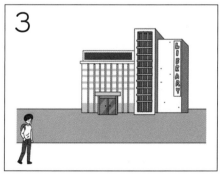
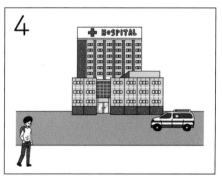

5ばん

1 ちかてつの　とうきょうえきの　でぐち

2 でんしゃの　とうきょうえきの　でぐち

3 えいがかんの　でぐち

4 えいがかんの　まえ

6ばん

1 ブルーけいの　サンダル

2 ピンクけいの　サンダル

3 ブルーけいの　スニーカー

4 ピンクけいの　スニーカー

7 ばん

1 アイスアメリカーノと　あたたかい　こうちゃ

2 アイスアメリカーノと　ホットアメリカーノ

3 ホットアメリカーノと　アイスティー

4 ホットアメリカーノと　あたたかい　こうちゃ

問題2

　問題2では、はじめに　しつもんを　きいて　ください。それから　はなしを
きいて、もんだいようしの　1から4の　なかから、いちばん　いい　ものを　ひとつ
えらんで　ください。

れい

1　しごとが　たいへんだから

2　よるに　なったから

3　こどもに　なかれたから

4　こどもが　うまれたから

1ばん

1　め

2　すきな たべもの

3　かお

4　せいかく

2ばん

1　40だい～50だいの　だんせいだから

2　かいしゃの　せんぱいが　よろこぶから

3　だいがくの　せんぱいは　あまい　ものが　すきだから

4　かぞく　みんなが　よろこぶから

3ばん

1 かいぎが あったから

2 からだの ぐあいが わるかったから

3 おさけが きらいだから

4 ほかの のみかいが あったから

4ばん

1 あたらしい スカートは いらないから

2 デパートの ようふくは たかいから

3 ほしい ものが なかったから

4 おかねを ためたいから

5ばん

1　おいしい　りょうりを　たくさん　たべたいから

2　この　かいしゃは　いろいろな　ビジネスが　あるから

3　ひとびとが　よろこぶ　りょうりを　つくって　みたいから

4　あたらしい　ビジネスを　けんきゅうしたいから

6ばん

1　はじめて　かぞくで　かいがいりょこうに　いくから

2　はじめて　ハワイに　いくから

3　はじめて　かいがいりょこうに　いくから

4　はじめて　ひとりで　りょこうに　いくから

問題3

問題3では、えを　みながら　しつもんを　きいて　ください。（やじるし）の
ひとは　なんと　いいますか。1から3の　なかから、いちばん　いい　ものを
ひとつ　えらんで　ください。

れい

1ばん

2ばん

3 ばん

4 ばん

5ばん

<ruby>問題<rt>もんだい</rt></ruby>4

　問題4は、えなどが　ありません。ぶんを　きいて、1から3の　なかから、いちばん　いい　ものを　ひとつ　えらんで　ください。

― メモ ―

在這裡寫下你的目標分數！

以 [　　] 分通過N4日本語能力考試！

設定目標並每天努力前進，就沒有無法實現的事。
請不要忘記初衷，將這個目標深刻記在心中。希望
你能加油，直到通過考試的那一天！

實戰模擬試題
第１回

N4

げんごちしき (もじ・ごい)

(25ぷん)

じゅけんばんごう Examinee Registration Number	
なまえ Name	

問題1 ＿＿＿＿の ことばは ひらがなで どう かきますか。1・2・3・4から いちばん いい ものを ひとつ えらんで ください。

（例） わたしの せんもんは 文学です。

1 いがく　　　　2 かがく　　　　3 ぶんがく　　　4 すうがく

（かいとうようし）　

1　とかいより、いなかの ほうが 空気が きれいです。

1　くき　　　　　2　くうき　　　　　3　こき　　　　　4　こうき

2　この ぶんやの 研究は さらに ひつようだ。

1　けんきゅう　　2　けんくう　　　　3　げんきゅう　　4　げんくう

3　にほん ぜんこく りょうきんは 無料です。

1　ぶりょ　　　　2　むりょ　　　　　3　ぶりょう　　　4　むりょう

4　この みせは ちょっと たかいが、品物は いいです。

1　しなもの　　　2　しなぶつ　　　　3　しなもつ　　　4　ひんもの

5　かれは えきに 行く 途中で、さいふを なくしました。

1　とじゅう　　　2　とちゅう　　　　3　とうじゅう　　4　とうちゅう

6　さいきん、コピーきの 調子が わるいです。

1　じょうし　　　2　じょうじ　　　　3　ちょうし　　　4　ちょうじ

7 じたくの　近所に　スポーツジムが　できました。

　1　きんしょ　　　　2　きんじょ　　　　3　きんところ　　4　きんどころ

8 きのうの　よる、ともだちと　はなび　大会に　行って　きました。

　1　たいかい　　　　2　だいかい　　　　3　たいがい　　　　4　だいがい

9 えいごで　はなす　ときは、発音に　ちゅういします。

　1　はつおと　　　　2　はつおん　　　　3　ばつおと　　　　4　ばつおん

問題2 ＿＿＿の ことばは どう かきますか。1・2・3・4から いちばん
いい ものを ひとつ えらんで ください。

（例） ふねで にもつを おくります。

　　1 近ります　　2 逆ります　　3 辺ります　　4 送ります

（かいとうようし）　| （例） | ① ② ③ ● |

---

10 のみものは わたしが ようい します。

　　1 用意　　　　　2 用位　　　　　3 要意　　　　　4 要位

11 今日は てつどうりょこうの メリットに ついて かんがえて みましょう。

　　1 鉄導　　　　　2 哲導　　　　　3 鉄道　　　　　4 哲道

12 せんしゅう、あたらしい うわぎを かいました。

　　1 上服　　　　　2 下服　　　　　3 上着　　　　　4 下着

13 かのじょは、さいきん かんこくごを ねっしんに べんきょうして います。

　　1 烈心　　　　　2 劣心　　　　　3 列心　　　　　4 熱心

14 こちらに だいひょうしゃの じゅうしょを ごきにゅう ください。

　　1 往書　　　　　2 住処　　　　　3 往所　　　　　4 住所

15 きのうは とっきゅう でんしゃに のって かえりました。

　　1 特給　　　　　2 特及　　　　　3 特級　　　　　4 特急

問題3 （　　　　）に なにを いれますか。1・2・3・4から いちばん いい
ものを ひとつ えらんで ください。

16　わたしの いちばん すきな テレビ （　　　　）は、ニュースです。

1　えいが　　　　2　おんがく　　　3　ざっし　　　4　ばんぐみ

17　わたしは ちゅうがくせいに なってから はじめて （　　　　）を そりました。

1　ひげ　　　　2　かみ　　　　3　つめ　　　4　あか

18　わたしは とうきょうに くると、いつも この ホテルに （　　　　）います。

1　とめて　　　　2　とまって　　3　しめて　　　4　しまって

19　先生、この しりょうを （　　　　）いただけませんか。

1　かりて　　　　2　かして　　　3　さして　　　4　みえて

20　日本に いる あいだに （　　　　）ふじさんに のぼって みたいです。

1　ちゃんと　　　　2　およそ　　　3　ぜひ　　　4　たぶん

21 子どもの　ころ、「あぶないから　（　　　　　）で　あそぶな！」と、よく
おやに　いわれました。

　　1　マッチ　　　　　　　2　パソコン　　　　3　カメラ　　　　　4　スマホ

22 すみません、道が　（　　　　　）いて　おくれて　しまいました。

　　1　すいて　　　　　　　2　こんで　　　　　3　あいて　　　　　4　とおって

23 みちで　100えん　だまを　（　　　　　）。

　　1　おちました　　　　2　ひろいました　　3　すてました　　4　つくりました

24 ここから　しんじゅくへ　行くには、でんしゃを　3かいも　（　　　　　）
なければなりません。

　　1　いれかえ　　　　　2　とりかえ　　　　3　たてかえ　　　4　のりかえ

25 わたしが　（　　　　　）まで　あんないします。

　　1　かいぎ　　　　　　2　じゅんび　　　　3　かいじょう　　4　しごと

問題4 _____の ぶんと だいたい おなじ いみの ぶんが あります。
1・2・3・4から いちばん いい ものを ひとつ えらんで ください。

(例) でんしゃの 中で さわがないで ください。

1 でんしゃの 中で ものを たべないで ください。

2 でんしゃの 中で うるさく しないで ください。

3 でんしゃの 中で たばこを すわないで ください。

4 でんしゃの 中で きたなく しないで ください。

(かいとうようし)

---

26 じゅぎょうちゅう しゃべらないで ください。

1 じゅぎょうちゅう はなさないで ください。

2 じゅぎょうちゅう はしらないで ください。

3 じゅぎょうちゅう ねないで ください。

4 じゅぎょうちゅう わらわないで ください。

27 ここは やおやです。

1 ここで テレビが かえます。

2 ここで さかなが かえます。

3 ここで ふくが かえます。

4 ここで やさいが かえます。

28 たなかさんから おかりした ほんを よませて いただきました。

1 たなかさんは わたしが かして あげた ほんを よみました。

2 たなかさんは わたしが かって あげた ほんを よみました。

3 わたしは たなかさんが かして くれた ほんを よみました。

4 わたしは たなかさんが かって くれた ほんを よみました。

29 ひが くれて います。

1 もう あさに なりました。

2 もう ゆうがたに なりました。

3 もう ひるに なりました。

4 もう しょうがつに なりました。

30 らいげつから こめが ねさがりする そうです。

1 らいげつから こめが たかく なる そうです。

2 らいげつから こめが やすく なる そうです。

3 らいげつから こめを ゆにゅうする そうです。

4 らいげつから こめを ゆしゅつする そうです。

問題5　つぎの　ことばの　つかいかたで　いちばん　いい　ものを　1・2・3・4から　ひとつ　えらんで　ください。

(例)　すてる

1　へやを　ぜんぶ　すてて　ください。

2　ひどい　ことを　するのは　すてて　ください。

3　ここに　いらない　ものを　すてて　ください。

4　学校の　本を　かばんに　すてて　ください。

（かいとうようし）　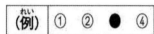

31　まにあう

1　ちこくして　テストに　まにあいました。

2　むりを　して　からだを　まにあって　しまいました。

3　にほんの　せいかつにも　もう　まにあいました。

4　いまから　いけば　しはつの　でんしゃに　まにあいます。

32　かける

1　みんなで　よく　かけて　きめましょう。

2　どうぞ　こちらに　おかけ　ください。

3　きょうは　つかれたので　さきに　かけます。

4　ともだちを　たくさん　かけたいです。

33 わかす

1 おちゃを のむために おゆを わかしました。

2 わるい ことを して せんせいに わかされました。

3 かれは こっそり へやから わかして いきました。

4 かいだんで わかして しまいました。

34 けしき

1 かれは けしきが とても いそがしいようです。

2 すみません、ふく けしきは なんがいですか。

3 この やまからの けしきは ほんとうに すばらしいです。

4 たにんの けしきも よく きいて ください。

35 すっかり

1 じぶんの かんがえを すっかり いって ください。

2 もっと すっかり べんきょうして ください。

3 すみません、すっかり ようじが できて いけなく なりました。

4 ともだちとの やくそくを すっかり わすれて しまいました。

N4

言語知識（文法）・読解

（55分）

受験番号　Examinee Registration Number	

名前　Name	

問題1 （　　　　）に 何を 入れますか。1・2・3・4から いちばん いい
　　　　ものを 一つ えらんで ください。

（例） わたしは 毎朝 新聞 （　　　） 読みます。

　　　1　が　　　　　　2　の　　　　　　3　を　　　　　　4　で

（解答用紙）　　（例）　① ② ● ④

1　今度、いっしょに 食事 （　　　　　） 行きませんか。

　　1　にも　　　　　　2　へも　　　　　　3　へでも　　　　　4　にでも

2　とうふや なっとうは だいず （　　　　　） 作られて います。

　　1　から　　　　　　2　を　　　　　　　3　に　　　　　　　4　にも

3　きゅうに 雨が 降って きたので、友だちが わたしに かさを かして
　　（　　　　　）。

　　1　もらいました　　2　くれました　　3　あげました　　4　やりました

4　わたしは ゆうべ、あかんぼうに （　　　　　） ぜんぜん ねむれませんでした。

　　1　ないて　　　　　2　なかせられて　　3　なかれて　　　4　なかせて

5　庭に きれいな 花が たくさん うえて （　　　　　）。

　　1　おります　　　　2　おきます　　　　3　あります　　　4　います

117

6 A「さいきん、子どもが ご飯を （　　　　） こまって いますよ。」

B「それは しんぱいですね。」

1　たべなくて　　　2　たべないで　　　3　たべないでも　　4　たべなくても

7 せんぱいに 手伝って （　　　　）、仕事が だいぶ はやく 終わりました。

1　あげて　　　　　2　くれて　　　　　3　くださって　　4　もらって

8 （会社で）

課長「清水君、きのう たのんだ しょるい、まだですか。」

清水「あ、すみません、今、作って いる （　　　　） です。」

1　ところ　　　　2　もの　　　　　3　だけ　　　　4　しか

9 この へんは 夜に なると （　　　　） すぎて、ちょっと こわいです。

1　しずかで　　　2　しずか　　　　3　しずかに　　　4　しずかな

10 さいきん、いそがしくて、ほぼ 毎日の ように 残業 （　　　　） います。

1　されて　　　　2　させられて　　　3　られて　　　　4　せられて

11 A「仕事は まだ おわって いませんか。」

B「もう すぐ （　　　　）。」

1　おわりません　　　　　　　　2　おわりました

3　おわりそうです　　　　　　　4　おわったところです

12 どうぞ　こちらに　（　　　　）。

1　おかけしてください　　　　　　　2　おかけなってください

3　おかけにしてください　　　　　　4　おかけください

13 子どもが　ねて　いる　（　　　　）家事<small>かじ</small>を　終わらせなければ　なりません。

1　あいだ　　　　　2　あいだに　　　3　まで　　　　　4　までに

14 この　単語<small>たんご</small>は　きのう　おぼえた　（　　　　）なのに、もう　わすれて　しまいました。

1　ばかり　　　　　2　しか　　　　　3　こと　　　　　4　から

15 山田<small>やまだ</small>「みなさん、しんさけっかが　出ました。田中<small>たなか</small>さん、発表<small>はっぴょう</small>　お願<small>ねが</small>いいたします。」

田中<small>たなか</small>「はい、それでは　しんさけっかを　発表<small>はっぴょう</small>（　　　　）。」

1　していただきます　　　　　　　　2　させていただきます

3　されていただきます　　　　　　　4　させられていただきます

問題2 _____★_____ に 入る ものは どれですか。1・2・3・4から いちばん
いい ものを 一つ えらんで ください。

16 この へんは 交通 _____ _____ ___★___ _____ しずかで いいです。

　　　1　し　　　　2　べんり　　　3　だ　　　　4　も

17 A「田中さんは、_____ _____ ___★___ _____ 見えますね。」

　　B「そうですね、いつも あかるくて いいですね。」

　　　1　げんき　　　2　いつも　　　3　に　　　　4　そう

120

18 A「この 仕事は ＿＿＿ ＿＿＿ ★ ＿＿＿ そうな 気が しますね。」

B「ええ、わたしも そんな 気が します。」

　　1　うまく　　　　　2　いき　　　　　3　なく　　　　　4　なんと

19 この 料理を ぜんぶ、ひとりで ＿＿＿ ＿＿＿ ★ ＿＿＿ のですか。

　　1　お　　　　　　　2　に　　　　　　3　つくり　　　　4　なった

20 わたしは その 話が、＿＿＿ ＿＿＿ ★ ＿＿＿ だけです。

　　1　知りたかった　　2　どうか　　　　3　か　　　　　　4　ほんとう

問題3 　21　 から 　25　 に 何を 入れますか。文章の 意味を 考えて、
1・2・3・4から いちばん いい ものを 一つ えらんで ください。

「福岡大好き」

　先月、父の 仕事の 関係 　21　、東京から 福岡に ひっこして きました。東京
は 日本で 一番 大きな 都市ですが、福岡も 大きな 都市です。日本で 5
番目に 大きいと 　22　 います。

　東京の 夏は とても あついですが、福岡の 夏は もっと あついそうで、
あつさに 弱い わたしは ちょっと しんぱいして います。でも、きたいして
いる ことも あります。福岡は 夏まつりで 有名だと、母が 教えて 　23　
のです。わたしは おまつりが 大好きですから、夏が 待ちどおしいです。

　　24　、福岡には おいしい ものも 多いと 聞きました。とくに 博多ラーメ
ンが おいしいと 聞いたので、ひっこした 次の日、博多ラーメンを 食べに
行きました。福岡で 一番 有名な ラーメン屋を 調べて、家族 みんなで 行
きましたが、本当に おいしかったです。

　新しい 学校で 友だちが できるか ふあんでしたが、すぐ たくさんの
友だちが できました。それから 先生たちも みんな やさしくて しんせつで
す。今は 学校へ 行くのが とても たのしいです。

　ひっこす 前は、すこし しんぱいして いましたが、今は 福岡 　25　 都市
が 大好きに なりました。

21

1　も	2　に	3　と	4　で

22

1　言わせて	2　言われて	3　言わせられて	4　言って　おいて

23

1　あげた	2　くださった	3　くれた	4　もらった

24

1　また	2　しかし	3　はたして	4　すると

25

1　のところ	2　とか	3　への	4　という

問題 4　つぎの（１）から（４）の文章を読んで、質問に答えてください。答えは、
　　　　１・２・３・４から、いちばんいいものを一つえらんでください。

（１）

田中さんは、先週末、出張で大阪へ行って、高校時代の同級生の内田さんに会いました。６年ぶりでした。前は、内田さんも東京に住んでいたので、よく会ってご飯を食べたりおさけを飲んだりしました。ところが、内田さんが大阪にひっこしたので、なかなか会うことができませんでした。内田さんは、今、大阪にあるぼうえき会社につとめていますが、仕事で来月からアメリカへ行くことになったそうです。それで田中さんは出張で大阪へ行ったついでに、ご飯でも一緒に食べようと思って内田さんに会ったのです。

６年ぶりに会いましたが、内田さんは６年前と顔がぜんぜん変わっていませんでした。田中さんはびっくりしてそれをつたえたら、内田さんも田中さんに同じことを言いました。もう来年、50代になるのに、そんなはずはないと、二人ともわらってしまいました。

26　この文章の内容として正しいのはどれですか。

1　内田さんは今、東京に住んでいて、来月アメリカに行くことになりました。

2　田中さんは内田さんの高校時代のせんぱいで、今、東京に住んでいます。

3　田中さんと内田さんは同い年で、来年50さいになります。

4　田中さんは内田さんに会いに、わざわざ大阪まで行きました。

（2）

これは、同じクラスのまさお君からしずま君に届いたメールです。

しずま君

こんにちは。

きのうの学級会で、今年の春の遠足の日程と場所が決まったので、お知らせします。

日程：4月6日（金）

場所：にこにこ動物園

出発時間は朝9時ですが、出発の15分前までに学校に来てください。にこにこ動物園までバスに乗っていきます。弁当やおやつ、飲み物を持ってきてください。それから、動物園の入場料も持ってきてください。入場料は700円ですが、小学生は半分になるそうです。

しずま君は、まだ、かぜがなおっていませんか。みんな、しずま君と一緒に遠足に行きたいと言っています。早くかぜがなおるといいですね。

それでは、また。

まさお

---

27 しずま君は、遠足の日どうすればいいですか。

1　弁当や飲み物などと、入場料350円を持って9時15分までに学校に行きます。

2　弁当や飲み物などと、入場料は持たないで9時15分までに学校に行きます。

3　弁当や飲み物などと、入場料350円を持って8時45分までに学校に行きます。

4　弁当や飲み物などと、入場料は持たないで8時45分までに学校に行きます。

（3）

以前は、料理教室というと、おいしい料理の作り方を習うために通うところだと思われていました。それで女性、特に結婚前の女性が多かったです。

ところで、最近は、料理教室に通う男性が増えているようです。その男性の約60％ぐらいは、60代だそうです。60代の男性が料理教室に通う理由は、おいしい料理の作り方を習うためではないそうです。一番大きな理由は、「体にいい料理の作り方を習うため」だそうです。

60代以上になると、健康に気をつけなければなりません。それで料理教室に通いながら、野菜をたっぷり使ったヘルシー料理の作り方を習うのが、かれらの本当の理由だそうです。

28 料理教室に通う60代の男性が増えた理由は何ですか。

1 おいしい食事を作りたいからです。

2 健康的な食事を作りたいからです。

3 野菜を使わない食事を作りたいからです。

4 家族にあげる食事を作りたいからです。

（4）

わたしは、先週の土曜日、友だちと二人で鎌倉へ行きました。鎌倉まで車で約1時間半ぐらいで行けるから、友だちと車で行くことにしました。友だちとわたしは、二人ともお寺を見て回るのが大好きで、京都や奈良などにもお寺を見に行ったことがあります。

朝9時に出発して鎌倉に着いたら10時半でした。わたしたちは、まず、有名な鎌倉大仏を見に行くことにしました。4月なのに、まだ少し寒かったし、しかも、雨も降りはじめました。でも、写真でしか見たことがない鎌倉大仏を見て、二人とも、とても感動しました。ところで、雨はだんだん強くなってきました。約30分ぐらい雨が止むのを待ちましたが、雨はやみませんでした。スマホで天気予報を確認したら、今日と明日はずっと雨だと書いていました。それで、わたしたちは、しかたなく家に帰ることにしました。天気予報を確認しておけばよかったなと反省しながら帰ってきました。

29 この文章の内容として正しいのはどれですか。

1 この人は、車を利用して鎌倉へ家族旅行に行きました。

2 この人は、友だちと違って、お寺を見て回るのが大好きです。

3 この二人は、夏休みの間に鎌倉旅行に行ってきました。

4 この人は、鎌倉へ行く前に天気予報をチェックしませんでした。

問題5 つぎの文章を読んで、質問に答えてください。答えは、1・2・3・4から、いちばんいいものを一つえらんでください。

わたしの息子は、ハムと肉が大好きです。

一番好きな食べ物を聞くと、答えはいつも同じです。一番好きな食べ物はハムと肉で、その次は、お菓子とコーラだと言います。食事の時、ほかのおかずもあるのに、ハムと肉しか食べません。ハムと肉がなければ、ご飯を食べようとしません。わたしが、野菜も食べなさいと言っても、言うことを聞きません。ハムと肉をお腹いっぱいになるまで食べるから、①ご飯もほとんど食べません。

なぜ野菜を食べないのか聞くと、いつも「野菜はおいしくない。変な味がするから食べたくない」と言います。わたしも子どものころは、野菜はあまり好きではありませんでした。それで、母と父に怒られたりもしました。それで、息子の②気持ちがよく分かります。しかし、ハムと肉ばかり食べるのは、健康によくありません。健康のためにも、野菜は食べなければならないと思います。

わたしは心配になって、どうすれば息子が野菜を食べるようになるか考えました。それで、息子に野菜を食べさせる方法として考えたメニューがカレーです。カレーに肉を入れたら、肉が好きな息子がよく食べると思ったからです。そして、ピーマンやじゃがいも、豆など、いろいろな野菜も入れて作りました。すると、息子は、野菜が入っているのに、よく食べてくれました。「おしいい、おいしい」と言いながら食べているのを見て、わたしも安心しました。

30 この人の息子は、ハムと肉のほかにどんな食べ物が好きですか。

1 野菜

2 ご飯

3 じゃがいも

4 お菓子

31 ①ご飯もほとんど食べませんとありますが、それはなぜですか。

1 ご飯がおいしくないからです。

2 おかずがおいしくないからです。

3 ハムと肉をたくさん食べるからです。

4 野菜がたくさんあるからです。

32 ②気持ちとありますが、どんな気持ちですか。

1 野菜がきらいで、食べたくない気持ち

2 ハムと肉がきらいで、食べたくない気持ち

3 ハムが好きで、カレーにハムを入れたい気持ち

4 肉が好きで、カレーに肉を入れたい気持ち

33 この人はどうやって息子に野菜を食べさせましたか。

1 いろいろな野菜だけでカレーを作って食べさせました。

2 野菜とお菓子を一緒にあげて食べさせました。

3 カレーに肉と野菜を一緒に入れて食べさせました。

4 変な味がしない野菜で料理を作って食べさせました。

問題6　右のページの「年末大掃除のお知らせ」を見て、下の質問に答えて
　　　　ください。答えは、1・2・3・4から、いちばんいいものを一つえらんで
　　　　ください。

34　この大掃除に参加したい人は、どうすればいいですか。

1　12月12日の朝、直接公園へ行って参加すればいいです。

2　12月12日までにインターネットで申し込めばいいです。

3　12月15日の朝、直接公園へ行って参加すればいいです。

4　12月15日までにインターネットで申し込めばいいです。

35　このお知らせの内容と合うのはどれですか。

1　この大掃除は、朝から夕方まで行われます。

2　この大掃除に参加する人は、掃除道具を持っていきます。

3　この大掃除に参加する人は、弁当を持っていきます。

4　この大掃除に参加する人は、手ぶらで来てもいいです。

ニコニコ公園　年末大掃除のお知らせ

ニコニコ公園の年末大掃除を行います。みなさんで公園をきれいにしましょう。

- 日時：12月15日(土) 午前10時〜12時
- 場所：ニコニコ公園
- 服装：動きやすい服装
- 定員：20名 (先着順です。12月12日(水)までに、ニコニコ公園のホームページで お申し込みください。)

＊持ち物は何も要りません。ほうきやごみ袋などの掃除道具は、公園の指定管理者 が準備いたします。お弁当もご用意しております。

皆様のご協力をよろしくお願いいたします。

- お問い合わせ：ニコニコ公園　指定管理者
  - 担当：橋本 123 - 4567 - 8900

N4

聴解
ちょうかい

（35分）
ふん

注　意
ちゅう　い
Notes

1. 試験が始まるまで、この問題用紙を開けないでください。
   Do not open this question booklet until the test begins.

2. この問題用紙を持って帰ることはできません。
   Do not take this question booklet with you after the test.

3. 受験番号と名前を下の欄に、受験票と同じように書いて
   ください。
   Write your examinee registration number and name clearly in each box below as
   written on your test voucher.

4. この問題用紙は、全部で15ページあります。
   This question booklet has 15 pages.

5. この問題用紙にメモをとってもいいです。
   You may make notes in this question booklet.

受験番号　Examinee Registration Number	

名前　Name	

<ruby>問題<rt>もんだい</rt></ruby> 1

　<ruby>問題<rt></rt></ruby> 1 では、まず　しつもんを　<ruby>聞<rt>き</rt></ruby>いて　ください。それから　<ruby>話<rt>はなし</rt></ruby>を　<ruby>聞<rt>き</rt></ruby>いて、もんだいようしの　1 から 4 の　<ruby>中<rt>なか</rt></ruby>から、いちばん　いい　ものを　<ruby>一<rt>ひと</rt></ruby>つ　えらんで　ください。

れい

1　<ruby>長<rt>なが</rt></ruby>そでの　シャツと　<ruby>半<rt>はん</rt></ruby>ズボン

2　<ruby>半<rt>はん</rt></ruby>そでの　シャツと　<ruby>半<rt>はん</rt></ruby>ズボン

3　<ruby>半<rt>はん</rt></ruby>そでの　シャツと　<ruby>長<rt>なが</rt></ruby>いズボン

4　<ruby>長<rt>なが</rt></ruby>そでの　シャツと　<ruby>長<rt>なが</rt></ruby>いズボン

1ばん

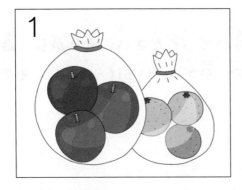

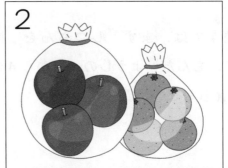

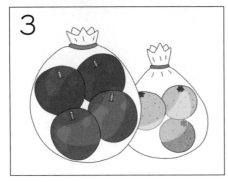

2ばん

1 チーズケーキと ぶどうジュース

2 チーズケーキと オレンジジュース

3 チョコレートケーキと ぶどうジュース

4 チョコレートケーキと オレンジジュース

3ばん

1　友だちに 電話して、今日の パーティーに 行けないと 伝えます

2　友だちに 電話して、今日の 飲み会に 行けないと 伝えます

3　社長に 電話して、今日の パーティに 行けないと 伝えます

4　社長に 電話して、今日の 飲み会に 行けないと 伝えます

4ばん

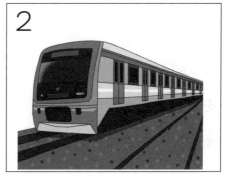

5ばん

6ばん

1 花<ruby>花<rt>はな</rt></ruby>を あげます

2 本<ruby>本<rt>ほん</rt></ruby>を あげます

3 音楽<ruby>音楽<rt>おんがく</rt></ruby>の CDを あげます

4 まだ わかりません

7 ばん

1 病院へ 行きます

2 薬を 飲みます

3 少し 休みます

4 薬を 買いに 行きます

8 ばん

1 9時半に 駐車場

2 9時半に ホテルの ロビー

3 9時50分に 駐車場

4 9時50分に ホテルの ロビー

問題 2

　問題2では、まず　しつもんを　聞いて　ください。そのあと、
もんだいようしを　見て　ください。読む　時間が　あります。それから
話を　聞いて、もんだいようしの　1から4の　中から、いちばん　いい
ものを　一つ　えらんで　ください。

れい

1　デザインが　気に　入らないから

2　色が　気に　入らないから

3　値段が　高いから

4　お金が　ないから

1ばん

1 仕事が 忙しいから

2 足が 痛いから

3 寒く なったから

4 ジョギングが きらいに なったから

2ばん

1 体の 具合が 悪いから

2 おかあさんと 食事を するから

3 いなかへ 帰るから

4 おばあさんと 病院へ 行くから

3ばん

1 今朝、早起きしたから

2 ダイエットを はじめたから

3 運動を はじめたから

4 体を こわしたから

4ばん

1 新幹線に 席が ないから

2 新幹線の 方が はやいから

3 飛行機に 席が ないから

4 飛行機の 方が はやいから

5ばん

1 5時

2 9時

3 9時半

4 10時

6ばん

1 韓国の 歌が 好きに なったから

2 韓国の ドラマが 好きに なったから

3 韓国の ゲームが 好きに なったから

4 韓国の 食べ物が 好きに なったから

7 ばん

1　他に やって くれる 人が いないから

2　お金が 必要だから

3　コンビニの バイトが 好きだから

4　バイトを やめたら 卒業できないから

問題3

　問題3では、えを　見ながら　しつもんを　聞いて　ください。（やじるし）の
人は　何と　言いますか。1から3の　中から、いちばん　いい　ものを　一つ　え
らんでください。

れい

1 ばん

2 ばん

3ばん

4ばん

5ばん

もんだい
問題4

　問題4では、えなどが　ありません。まず　ぶんを　聞いて　ください。
それから、そのへんじを　聞いて、1から3の　中から、いちばん　いい　ものを
一つ　えらんで　ください。

― メモ ―

在這裡寫下你的目標分數！

以 ◻◻◻ 分通過N4日本語能力考試！

設定目標並每天努力前進，就沒有無法實現的事。
請不要忘記初衷，將這個目標深刻記在心中。希望
你能加油，直到通過考試的那一天！

實戰模擬試題
第 2 回

N4

げんごちしき（もじ・ごい）

（25ぷん）

ちゅうい
Notes

1. しけんが はじまるまで、この もんだいようしを あけないで ください。
   Do not open this question booklet until the test begins.

2. この もんだいようしを もって かえる ことは できません。
   Do not take this question booklet with you after the test.

3. じゅけんばんごうと なまえを したの らんに、じゅけんひょうと おなじように かいて ください。
   Write your examinee registration number and name clearly in each box below as written on your test voucher.

4. この もんだいようしは、ぜんぶで 9ページ あります。
   This question booklet has 9 pages.

5. もんだいには かいとうばんごうの 1 、 2 、 3 … が あります。
   かいとうは、かいとうようしに ある おなじ ばんごうの ところに マークして ください。
   One of the row numbers 1 , 2 , 3 … is given for each question. Mark your answer in the same row of the answer sheet.

じゅけんばんごう　Examinee Registration Number	

なまえ　Name	

問題 1 ＿＿＿の ことばは ひらがなで どう かきますか。1・2・3・4から
いちばん いい ものを ひとつ えらんで ください。

(例) わたしの せんもんは 文学です。

1 いがく 　　2 かがく 　　3 ぶんがく 　　4 すうがく

(かいとうようし)

---

1 かいぎに たくさんの ひとが 集まりました。

1 あらまりました 　　　　　　　2 あつまりました

3 あいまりました 　　　　　　　4 あやまりました

2 だいがくでは にほんの 地理に ついて べんきょうして います。

1 ちり 　　　2 ちず 　　　3 ちめん 　　　4 ちか

3 あたらしい いえは 台所を ひろく つくりたいです。

1 たいどころ 　2 たいところ 　3 だいどころ 　4 だいところ

4 わたしは おさけに 弱いです。

1 つよい 　　2 ねむい 　　3 あかい 　　4 よわい

5 世界で いちばん ながい かわは、ナイル川です。

1 ぜけん 　　2 せけん 　　3 ぜかい 　　4 せかい

6 しゃかいじんに なって いろいろな 経験を して みたい。

1 けいげん 　　2 けいけん 　　3 げいけん 　　4 げいげん

7 わたしの　いもうとは　せが　低いです。

1　せまい　　　　　　2　ひくい　　　　　　3　あまい　　　　　4　ふるい

8 せんしゅう　かのじょと　別れて　いま　とても　かなしいです。

1　わかれて　　　　　2　はなれて　　　　　3　よまれて　　　　4　かかれて

9 きのう　デパートで　あたらしい　洋服を　かいました。

1　やうぶく　　　　　2　やうふく　　　　　3　ようぶく　　　　4　ようふく

問題2 ＿＿＿＿＿の ことばは どう かきますか。1・2・3・4から いちばん
いい ものを ひとつ えらんで ください。

（例） ふねで にもつを おくります。

　　　1 近ります　　2 逆ります　　3 辺ります　　4 送ります

（かいとうようし）　

---

10 すみません。この あかい ペンを かりても いいですか。

　　1 昔りても　　　　2 猫りても　　　　3 借りても　　　　4 惜りても

11 らいしゅうの どようびは ようじが あって 行けません。

　　1 要時　　　　　2 用事　　　　　3 用時　　　　　4 要事

12 たなかさんは なんメートル およげますか。

　　1 泳げますか　　2 氷げますか　　3 水げますか　　4 河げますか

13 この ボタンを おすと、ドアが ひらきます。

　　1 探す　　　　　2 指す　　　　　3 推す　　　　　4 押す

14 この へやは でんきが きえて いて くらいです。

　　1 青い　　　　　2 晴い　　　　　3 音い　　　　　4 暗い

15 まいにち たくさん やさいを たべた ほうが いいですね。

　　1 野球　　　　　2 野菜　　　　　3 野果　　　　　4 野地

問題3 （　　　　）に　なにを　いれますか。1・2・3・4から　いちばん　いい
　　　ものを　ひとつ　えらんで　ください。

（例）　スーパーで　もらった　（　　　）を　見ると、何を　買ったか
　　わかります。
　　1　レジ　　　　　2　レシート　　3　おつり　　　4　さいふ

（かいとうようし）　| （例） | ① | ● | ③ | ④ |

16　（　　　　）べんきょうしても　せいせきが　あがらなくて　こまって　います。
　　1　とても　　　　　2　いくら　　　　3　どれほど　　4　だれでも

17　わからない　たんごは　じしょで　（　　　　）ください。
　　1　くらべて　　　　2　はなれて　　　3　わかれて　　4　しらべて

18　あじが　（　　　　）りょうりが　すきです。
　　1　おおきい　　　　2　うすい　　　　3　くらい　　　4　あかるい

19　A「あした、パーティーに　行けなく　なりました。」
　　B「それは　（　　　　）ですね。」
　　1　ふくざつ　　　　2　ふべん　　　　3　とくべつ　　　4　ざんねん

20　（　　　　）、どんな　しごとを　したいと　おもって　いますか。
　　1　みらい　　　　　2　きのう　　　　3　しょうらい　　4　ぜひ

21 この　きかいは　とても　（　　　　）だから、さわらないで　ください。

　　1　きけん　　　　　　2　あんぜん　　　　　3　じょうぶ　　　　4　おしゃれ

22 えいごきょうしつで　ならった　フレーズが　かいがいりょこうで　（　　　　）。

　　1　たすけた　　　　　　2　こうかいした　　　3　やくにたった　　4　しかられた

23 なつは　（　　　　）ビールが　いちばんですね。

　　1　やっぱり　　　　　　2　やっと　　　　　　3　まっすぐ　　　　4　なかなか

24 この　たべものから　へんな　（　　　　）が　します。

　　1　こえ　　　　　　　　2　ちから　　　　　　3　ゆめ　　　　　　4　におい

25 かれは　みちに　おちて　いる　ゴミを　（　　　）ゴミばこに　すてました。

　　1　ひいて　　　　　　　2　ひろって　　　　　3　だして　　　　　4　いれて

問題4 ＿＿＿＿＿の ぶんと だいたい おなじ いみの ぶんが あります。
1・2・3・4から いちばん いい ものを ひとつ えらんで ください。

(例) でんしゃの 中で さわがないで ください。

1 でんしゃの 中で ものを たべないで ください。

2 でんしゃの 中で うるさく しないで ください。

3 でんしゃの 中で たばこを すわないで ください。

4 でんしゃの 中で きたなく しないで ください。

(かいとうようし)　(例)　① ● ③ ④

26 この にもつを へやの なかに はこんで ください。

1 この にもつを へやの なかに もって いって ください。

2 この にもつを へやの なかに つたえて ください。

3 この にもつを へやの なかに とめて ください。

4 この にもつを へやの なかに そうだんして ください。

27 おじゃまします。

1 あんないします。

2 せつめいします。

3 しつれいします。

4 こうかいします。

28 やけいが きれいな レストランに 行きたいです。

1 よるの けしきが すてきな レストランに 行きたいです。

2 ばしょが すばらしい レストランに 行きたいです。

3 サービスが いい レストランに 行きたいです。

4 りょうりが おいしい レストランに 行きたいです。

29 わたしは アジアの びじゅつに きょうみが あります。

1 わたしは アジアの びじゅつに こころが あります。

2 わたしは アジアの びじゅつに かんけいが あります。

3 わたしは アジアの びじゅつに せいさんが あります。

4 わたしは アジアの びじゅつに かんしんが あります。

30 しゅくだいを わすれて せんせいに しかられました。

1 しゅくだいを わすれて せんせいに ほめられました。

2 しゅくだいを わすれて せんせいに おこられました。

3 しゅくだいを わすれて せんせいに よばれました。

4 しゅくだいを わすれて せんせいに おしえられました。

問題5　つぎの　ことばの　つかいかたで　いちばん　いい　ものを　1・2・
　　　　3・4から　ひとつ　えらんで　ください。

（例）　すてる

　　1　へやを　ぜんぶ　すてて　ください。

　　2　ひどい　ことを　するのは　すてて　ください。

　　3　ここに　いらない　ものを　すてて　ください。

　　4　学校の　本を　かばんに　すてて　ください。

　　（かいとうようし）　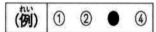

31　むかえる

　　1　おきゃくさんを　むかえに　くうこうに　いきます。

　　2　へやを　きれいに　むかえて　ください。

　　3　ねる　まえは「おやすみなさい」と　むかえます。

　　4　しんねんに　なって　せんせいに　はがきを　むかえました。

32　にる

　　1　だいじな　しりょうを　にて　しまいました。

　　2　スマホを　にた　ことが　ありますか。

　　3　たんじょうびに　プレゼントを　にる　つもりです。

　　4　わたしは　ははに　にて　めが　おおきいです。

33 ねつ

  1　この　はなしは　ねつでは　ありません。

  2　かなしくて　ねつが　ながれて　います。

  3　かいだんで　ころんで　ねつを　しました。

  4　かぜを　ひいて　ねつが　ひどいです。

34 つごうが　わるい

  1　あめで　しあいは　つごうが　わるかったです。

  2　こんしゅうの　どようびは　ちょっと　つごうが　わるいんですが。

  3　かなしい　えいがを　見ると、つごうが　わるく　なります。

  4　はげしい　うんどうを　したら、きゅうに　つごうが　わるく　なりました。

35 やわらかい

  1　うちの　せんせいは　とても　やわらかいです。

  2　やちんが　やわらかい　へやを　さがして　います。

  3　この　チョコレートは　ほんとうに　やわらかいですね。

  4　ここは　くうきが　やわらかくて　いいですね。

N4

言語知識（文法）・読解

（55分）

注　意
Notes

1. 試験が始まるまで、この問題用紙を開けないでください。
   Do not open this question booklet until the test begins.

2. この問題用紙を持って帰ることはできません。
   Do not take this question booklet with you after the test.

3. 受験番号と名前を下の欄に、受験票と同じように書いて
   ください。
   Write your examinee registration number and name clearly in each box below as written on your test voucher.

4. この問題用紙は、全部で15ページあります。
   This question booklet has 15 pages.

5. 問題には解答番号の 1 、 2 、 3 … があります。
   解答は、解答用紙にある同じ番号のところにマークして
   ください。
   One of the row numbers 1 , 2 , 3 … is given for each question. Mark your answer in the same row of the answer sheet.

受験番号 Examinee Registration Number	

名前 Name	

問題1 （　　　　）に　何を　入れますか。1・2・3・4から　いちばん　いい
　　　ものを　一つ　えらんで　ください。

（例）　わたしは　毎朝　新聞（　　　）　読みます。

　　　1　が　　　　　2　の　　　　　3　を　　　　　4　で

（解答用紙）　　（例）　①　②　●　④

1　授業は　何時に　始まる（　　　　）教えて　ください。

　　1　が　　　　　　2　から　　　　　3　か　　　　　4　ので

2　もちは　米（　　　　）つくります。

　　1　を　　　　　　2　に　　　　　　3　で　　　　　4　は

3　どうした（　　　　）。顔色が　よく　ないよ。

　　1　ね　　　　　　2　の　　　　　　3　が　　　　　4　よ

4　道が　こんで　学校まで　1時間（　　　　）かかって　しまいました。

　　1　から　　　　　2　まで　　　　　3　と　　　　　4　も

5　こちらで　少々　お（　　　　）ください。

　　1　待ち　　　　　2　待たれて　　　3　待ちして　　　4　待たせて

6　仕事が　たいへんで　会社を（　　　　）と　思います。

　　1　やめよう　　　2　やめさせる　　3　やめれる　　　4　やめろ

7 この 漢字の （　　　　） かたを 教えて もらえますか。

1 よむ 　　　　 2 よま 　　　　 3 よめ 　　　　 4 よみ

8 かれは たまに 会社に おくれる （　　　　） が ある。

1 もの 　　　　 2 の 　　　　 3 こと 　　　　 4 だけ

9 もう つかれた （　　　　） そろそろ 帰ろうか。

1 と 　　　　 2 し 　　　　 3 が 　　　　 4 の

10 ニュースに よると、ゆうべ この ちかくで 大きな 事故が （　　　　）
そうだ。

1 ある 　　　　 2 あって 　　　　 3 あり 　　　　 4 あった

11 つかれて めがねを （　　　　） まま、寝て しまった。

1 かける 　　　　 2 かぶる 　　　　 3 かけた 　　　　 4 かぶった

12 友だちは わたしに 日本の お土産を 買って （　　　　）。

1 くれた 　　　　 2 あげた 　　　　 3 やった 　　　　 4 さしあげた

13 A「レポートは もう 書きましたか。」

B「いいえ、今 （　　　　）。」

1 書くばかりです 　　　　　　　　 2 書いているところです

3 書いたはずです 　　　　　　　　 4 書くだけです

14 公園で　ゴミを　（　　　　）。

1　すててはいけません　　　　　　2　すててもいけません

3　すてなければなりません　　　　4　すてないとなりません

15 この　道を　まっすぐ（　　　　）大きな　本屋が　見えます。

1　行くたら　　　　2　行かば　　　　3　行きなら　　　　4　行くと

問題2 ___★___ に 入る ものは どれですか。1・2・3・4から いちばん
いい ものを 一つ えらんで ください。

_____

_____

16 それでは、_____ ___★___ _____ _____を はじめましょう。

　　1　あつまった　　2　かいぎ　　　3　ので　　　　4　ぜんいん

17 ふるく なった _____ ___★___ _____ _____です。

　　1　つもり　　　2　だけ　　　3　もの　　　4　すてる

18 かのじょ _____ ___★___ _____ _____、その 気持ちが
つた
伝えられない。

　　1　の　　　　　2　のに　　　3　好きな　　4　ことが

19 _____ _____ ___★___ _____ 、足が よわく なります。

1 ばかり   2 と   3 いる   4 すわって

20 きょうは おきゃくさんが 来る _____ _____ ___★___ _____
帰らなければ ならない。

1 5時   2 から   3 に   4 まで

問題3 21 から 25 に 何を 入れますか。文章の 意味を 考えて、
1・2・3・4から いちばん いい ものを 一つ えらんで ください。

わたしに 21 一番 大切な ものは 家族です。おいしい ものを 食べる 時や 旅行に 行く 時、 家族の ことを 思い出します。家族にも こんなに おいしい 料理を 22 とか、また 今度 来る 時は 家族と いっしょに 来たいとか。前は 自分の ことしか 考えませんでした。おいしい 料理を 食べたり、高い ものを 買ったり しても 家族の ことは 思い出しませんでした。 23 今は ちがいます。おいしい 料理を 食べて いても、「今ごろ、家族は 何を して いるんだろう。食事は ちゃんと して いるのかな。」と 思って しまいます。お金の 使い方も かわりました。前は 24 お金を 使って いました。もっと きれいに なりたい、もっと おしゃれに なりたいと 思って どんどん ほしい ものを 買いました。けれども 今は 自分だけの ために お金を 使うのは よくない 気が します。家族が 元気で しあわせに なる ことが 自分の しあわせだと いう ことが わかったからです。わたしは 10年も 留学を しました。留学して いる 25 病気に なったり、落ち込んだり して たいへんな 時、 わたしに 元気を くれたのは 家族でした。わたしは 10年も 家族から 離れて、やっと その 大切さが わかるように なりました。

21

1　かんして　　　　2　たいして　　　　3　かけて　　　　4　とって

22

1　食べさせたい　　　　　　　　2　食べられたい

3　食べていただきたい　　　　　4　食べてあげたい

23

1　それで　　　　2　しかし　　　　3　そして　　　　4　では

24

1　自分の　人生が　好きだから

2　世の　中で　自分が　一番　大切だから

3　自分の　人生を　楽しむために

4　家族と　食事を　するために

25

1　間から　　　　2　間に　　　　3　間で　　　　4　間の

問題4　つぎの（1）から（4）の文章を読んで、質問に答えてください。答えは、1・2・3・4から、いちばんいいものを一つえらんでください。

（1）

> お花見の案内です。
>
> 　みなさん、お元気ですか。さくらがきれいな季節になりました。今年もいつものようにお花見の会を開きたいと思っています。仕事は、忙しいと思いますが、みなさん、ぜひ参加してください。日時は4月2日（土）12時から15時まで、場所は日本公園の前です。会費は3,000円で、小学生以下の子どもは無料です。準備のため、参加できる方は3月20日までに、吉田さんに電話してください。よろしくお願いします。

26　本文の中で、正しいものはどれですか。

1　このお花見の会は、今年初めて開きます。

2　小学生は何人行ってもお金を払いません。

3　このお花見の会は午後4時に終わります。

4　参加したい人は吉田さんにメールします。

（2）

> 　会社が終わって、7時ごろからわたしは友だちと映画を見ることにしました。友だちはホラー映画が好きですが、わたしは、こわいから見たくありませんでした。わたしは、いろいろ想像することが好きだから、SF映画を見たかったのですが、その時間帯にはありませんでした。映画が終わる時間が遅すぎると疲れるから、しかたなく、7時ぐらいに始まる映画「A」を見ることにしました。「A」はとてもおもしろくて、友だちとわたしは久しぶりにたくさん笑いました。「A」を見て、よかったと思います。

27 映画「A」のジャンルは何ですか。

1　ホラー映画

2　歴史映画

3　コメディ映画

4　SF映画

（3）

これはゴルフコンペを知らせる文です。

　花の色が美しい季節になりました。みなさん、お元気ですか。さて、ABC会ゴルフコンペはおかげさまで、今年で10周年を迎えることになりました。今回のコンペは、いつも以上の奨品を準備しておりますので、みなさん、ぜひご参加ください。

　日時は4月10日8時で、場所は桜ゴルフ場です。プレイ代20,000円はフロントで、会費5,000円は会場で払ってください。それでは、よろしくお願いします。

28　このゴルフコンペに参加したい人はどうすればいいですか。

　　1　8時までに桜ゴルフ場に来て、会費5,000円をフロントに払う。

　　2　7時までに桜ゴルフ場に来て、プレイ代25,000円をフロントに払う。

　　3　8時までに桜ゴルフ場に来て、合計25,000円を払う。

　　4　7時までに桜ゴルフ場に来て、会場で5,000円を払う。

（４）

　　わたしは今年の夏休みに国内旅行をすることにしました。わたしは暑さに弱いか
ら、北海道に行きたいと思いました。北海道は夏でも涼しく、夜、25度以上になる
ことが、ほとんどないそうです。北海道は遠いから、飛行機のチケットが高いです
が、はやく予約すれば安くなります。大阪から北海道までは約２時間ぐらいかかり
ます。函館できれいな夜景を見たり、船に乗って小樽の景色も楽しみたいです。ま
た、北海道のヘルシーな焼肉のジンギスカンや札幌ラーメンなど、おいしい料理も
食べてみたいです。今度の夏休みはとても楽しみです。

29　どうして夏休みに北海道に行きたいと思いましたか。

　1　暑さに我慢できなくて、涼しいところで過ごしたいから

　2　25度以上のところで夏を過ごしたいから

　3　町の景色を見たり、元気になりたいから

　4　大阪から近いところでおいしい料理を食べたいから

問題5 つぎの文章を読んで、質問に答えてください。答えは、1・2・3・4から、いちばんいいものを一つえらんでください。

　先週、外国人の友だちが遊びに来ました。わたしは友だちを迎えに空港に行きました。友だちは2泊3日の予定だったので、荷物は多くありませんでした。かれは東京のホテルに泊まることになっていて、ホテルに行く前、お昼にトンカツとそばセットを食べました。かれは日本旅行が初めてなのに、おいしそうに食べてくれました。ホテルでチェックインしてから、六本木に行きました。六本木でいろんな店に入ったり、町を歩いたりしました。わたしには普通の店も外国人には興味があるようで、なんでもおもしろがってくれました。晩御飯は焼肉を食べて、きれいな夜景を見ました。かれは六本木の夜景はアニメでも見たことがあると言っていました。ドラマやアニメなどで紹介されるとやはり有名になりますね。

　つぎの日は浅草に行きました。お寺に行っておみくじを引きました。かれは浅草で家族にあげるお土産もたくさん買いました。お昼にラーメンを食べたのに、たこ焼きとかお菓子とかも食べたら、お腹がいっぱいになって、秋葉原まで歩いて行きました。浅草から秋葉原まであまり遠くないと思ったのに、1時間もかかりました。秋葉原で電気製品まで見たら、とても疲れてしまって、すぐホテルに帰りました。

　3日目は飛行機の時間のため、ゆっくり見られませんでした。もっといろんなところに連れていってあげたかったのに、残念だと思いました。しかし友だちはどこへ行っても嬉しそうでした。また今度来たら、もっと楽しいところへ一緒に行きたいと思います。

30 旅行中に食べなかったものは何ですか。

1　トンカツ

2　焼きそば

3　そばセット

4　お菓子

31 日本に着いた1日目は何をしましたか。

1　ホテルでチェックインしてから、トンカツやそばセットを食べました。

2　六本木でいろいろなものを見てから、ホテルに行ってチェックインしました。

3　夜景を見てから、夕御飯を食べました。

4　ホテルでチェックインしてから、六本木の町を歩きました。

32 どうして浅草から秋葉原まで歩いて行きましたか。

1　お昼ご飯やいろんな食べ物をたくさん食べたから

2　楽しそうなものが多くてそれを見たかったから

3　食べすぎて、お腹の調子が悪かったから

4　秋葉原までの電車の乗り方がわからなかったから

33 2日目にしなかったことは何ですか。

1　浅草のお寺に行って、おみくじを引きました。

2　秋葉原に行く前にお土産を買いました。

3　ラーメンを食べながら、たこ焼きも食べました。

4　電気製品を見てから、すぐ帰りました。

問題6　右のページの「桜レストランのお知らせ」を見て、下の質問に答えて
　　　　ください。答えは、1・2・3・4から、いちばんいいものを一つえらん
　　　　でください。

34　夫婦と小学生2人の4人家族が、3月10日にランチを食べたら、いくら払わな
　　ければなりませんか。

　　1　7,400円

　　2　6,600円

　　3　6,520円

　　4　5,920円

35　本文の中で正しくないものはどれですか。

　　1　この店は店を開いてから10年になりました。

　　2　このキャンペーンは2週間続きます。

　　3　小学生のディナーの値段はいつもは1,800円です。

　　4　大人2人が3月5日の夜、食事したら、4,000円払います。

お知らせ

　毎度ご来店いただき、まことにありがとうございます。当店は、開店10周年を迎え、３月１日から３月15日までランチタイムの時間制限を通常の60分から90分に延長させていただきます。さらにランチとディナーの食べ放題の値段を通常より20％割引にてご提供させていただきます。期間限定のキャンペーンですので、この機会にぜひご利用ください。

＊通常の値段

	ランチ	ディナー
大人	2,200円	2,500円
子ども（小学生)	1,500円	1,800円

N4

ちょうかい
聴解

ふん
（35分）

ちゅう　　　い
注　　意
Notes

しけん　はじ　　　　　　　　　　　　もんだいようし　あ
1. 試験が始まるまで、この問題用紙を開けないでください。
   Do not open this question booklet until the test begins.

もんだいようし　も　　かえ
2. この問題用紙を持って帰ることはできません。
   Do not take this question booklet with you after the test.

じゅけんばんごう　なまえ　した　らん　　じゅけんひょう　おな　　　か
3. 受験番号と名前を下の欄に、受験票と同じように書いて
   ください。
   Write your examinee registration number and name clearly in each box below as
   written on your test voucher.

もんだいようし　　ぜんぶ
4. この問題用紙は、全部で15ページあります。
   This question booklet has 15 pages.

もんだいようし
5. この問題用紙にメモをとってもいいです。
   You may make notes in this question booklet.

じゅけんばんごう 受験番号　Examinee Registration Number	

な　まえ 名前　Name	

問題1

問題1では、まず　しつもんを　聞いて　ください。それから　話を
聞いて、もんだいようしの　1から4の　中から、いちばん　いい　ものを
一つ　えらんで　ください。

れい

1　長そでの　シャツと　半ズボン

2　半そでの　シャツと　半ズボン

3　半そでの　シャツと　長いズボン

4　長そでの　シャツと　長いズボン

1ばん

1 むすめの 歌を インターネットサイトに アップして みる

2 歌手に なれるように レッスンを うけさせる

3 せんもんてきな ところに 行かせる

4 しんぱいするのを やめる

2ばん

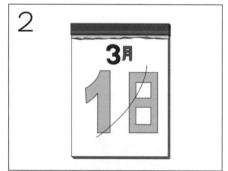

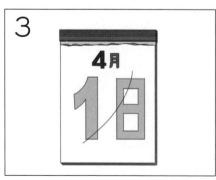

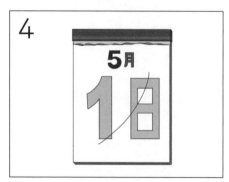

3ばん

1　おんせんランキングで　1位の　べっぷおんせん

2　おじいさんに　会える　べっぷおんせん

3　花火大会が　たのしめる　あたみおんせん

4　世界で　いちばん　大きい　あたみおんせん

4ばん

5ばん

1 パスワードを 書いた メモを さがす

2 ひこうきの 会社に 電話を する

3 ホームページで へんこうする

4 女の人に チケットの へんこうを おねがいする

6ばん

1 のどが かわく 時に カフェに 行く

2 くつを たくさん 買わない

3 たくさん あるく ときは らくな くつを はく

4 うんどうぐつ ばかり 買う

7ばん

1 ちゅうしゃりょうきんを　はらわないために、しょくじを　する

2 ものを　見てから、そのまま　帰る

3 ちゅうしゃりょうきんが　むりょうに　なるように　たくさん　ものを　買う

4 3,000円　以上の　ものを　買って、ちゅうしゃりょうきんを　はらわない

8ばん

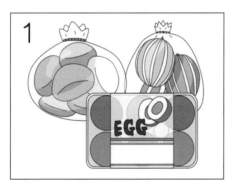

問題2

問題2では、まず　しつもんを　聞いて　ください。そのあと、もんだいようしを　見て　ください。読む　時間が　あります。それから話を　聞いて、もんだいようしの　1から4の　中から、いちばん　いいものを　一つ　えらんで　ください。

れい

1　デザインが　気に　入らないから

2　色が　気に　入らないから

3　値段が　高いから

4　お金が　ないから

1ばん

1　しょくじが　できる　時間が　みじかいから

2　子どもを　つれて　きても　いい　時間が　きまって　いるから

3　子どもが　すわれる　ところが　じゅんびされて　いないから

4　子どもが　食べられる　りょうりが　ないから

2ばん

1　店の　前で　長い　れつを　作らない　おいしい　店も　ある

2　どうして　ならぶのか、その　りゆうが　知りたい

3　店の　前で　人が　ならぶのは　よくない

4　友だちと　話しながら　待つのは　すきではない

3ばん

1 りょうりを つくるのは 思ったより おかねが かかるから

2 しゅうまつは いろいろ かんがえたり、ゆっくりとした 時間を
すごしたいから

3 しごとで つかれて りょうりを つくるのが いやに なったから

4 毎日 しごとで つかれて いるから

4ばん

1 けんた君には 何でも 教えたいから

2 やくそくが あるのを わすれて いるから

3 けんた君は 人から 時間に ルーズだと 言われて いるから

4 時間に ルーズな ところを なおして もらいたいから

5ばん

1　かいしゃせいかつは　つかれるから

2　かおりが　する　ビールが　すきだから

3　ひとりの　時間を　もって　やすみたいから

4　よるは　一人に　なりたいから

6ばん

1　つきあった　きかんが　みじかいから

2　まわりの　友だちから　えいきょうを　うけたから

3　じぶんの　としが　30さいに　なったから

4　まわりの　友だちが　みんな　けっこんして　しまったから

7 ばん

1 となりの　人が　まいにち　せんたくを　するから

2 となりの　人が　なつ、まどを　あけて　おくから

3 となりの　人が　よく　おさけを　飲むから

4 となりの　うるさい　おとが　ぜんぶ　聞こえるから

問題3

<ruby>問題<rt>もんだい</rt></ruby>

問題3では、えを　<ruby>見<rt>み</rt></ruby>ながら　しつもんを　<ruby>聞<rt>き</rt></ruby>いて　ください。(やじるし)の<ruby>人<rt>ひと</rt></ruby>は　<ruby>何<rt>なん</rt></ruby>と　<ruby>言<rt>い</rt></ruby>いますか。1から3の　<ruby>中<rt>なか</rt></ruby>から、いちばん　いい　ものを　<ruby>一<rt>ひと</rt></ruby>つ　えらんで　ください。

れい

1 ばん

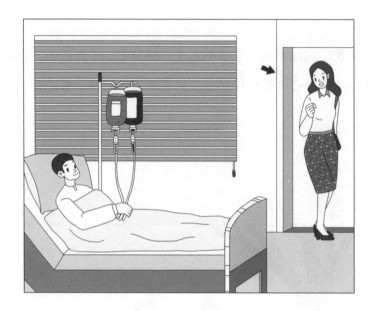

2 ばん

3 ばん

4 ばん

5 ばん

　問題4では、えなどが　ありません。まず　ぶんを　聞^きいて　ください。

それから、そのへんじを　聞^きいて、1から3の　中^{なか}から、いちばん　いい　ものを

一^{ひと}つ　えらんで　ください。

―　メモ　―

在這裡寫下你的目標分數!

以 ⬚ 分通過N4日本語能力考試!

設定目標並每天努力前進,就沒有無法實現的事。
請不要忘記初衷,將這個目標深刻記在心中。希望
你能加油,直到通過考試的那一天!

實戰模擬試題
第3回

N4

げんごちしき （もじ・ごい）

（25ぷん）

じゅけんばんごう　Examinee Registration Number	

なまえ　Name	

問題1 _____の ことばは ひらがなで どう かきますか。1・2・3・4から いちばん いい ものを ひとつ えらんで ください。

(例) わたしの せんもんは 文学です。

　1　いがく　　　　2　かがく　　　　3　ぶんがく　　　4　すうがく

　(かいとうようし)　

---

1 こどもから おとなまで たのしめる、ほんとうに すてきな 音楽会に なりました。

　1　おんかくかい　　2　おんかっかい　　3　おんがくかい　　4　おんがっかい

2 そふは さいきん、こしから 背中まで いたいと いって います。

　1　せなか　　　　2　ぜなか　　　　　3　せちゅう　　　　4　せじゅう

3 にんげんは、道具を つかう どうぶつで あると よく いわれます。

　1　とうく　　　　2　どうく　　　　　3　とうぐ　　　　　4　どうぐ

4 きょうは わたしの 特別な ひです。

　1　とくべつ　　　2　とぐへつ　　　　3　どくべつ　　　　4　とぐべつ

5 インドで IT産業が はったつした りゆうは なんでしょうか。

　1　ざんぎょう　　2　さんぎょう　　　3　ざんきょう　　　4　さんきょう

6 わたしは にほんの 文化に きょうみが あります。

　1　ぶんか　　　　2　ふんか　　　　　3　ぶか　　　　　　4　ふか

7 この　ひこうきは　9時30分に　とうきょうに　とうちゃくする　予定だ。

　　　1　ようてい　　　　2　ようて　　　　　3　よてい　　　　　4　よて

8 あかちゃんは　動く　いぬの　おもちゃを　見て　ないて　いる。

　　　1　はたらく　　　　2　あるく　　　　　3　なく　　　　　　4　うごく

9 せいかくが　明るい　人が　好きです。

　　　1　あかるい　　　　2　きんるい　　　　3　かるい　　　　　4　まるい

問題2　＿＿＿の　ことばは　どう　かきますか。1・2・3・4から　いちばん
　　　いい　ものを　ひとつ　えらんで　ください。

(例)　ふねで　にもつを　おくります。

　　　1　近ります　　　2　逆ります　　　3　辺ります　　　4　送ります

（かいとうようし）　

10　高校じだいに　もどりたいと　思う　ことは　ありますか。

　　　1　時大　　　　　　2　時代　　　　　　3　辞大　　　　　　4　辞代

11　ふくしゅうと　よしゅうでは、どちらが　だいじだと　思いますか。

　　　1　大変　　　　　　2　大切　　　　　　3　大事　　　　　　4　大体

12　今日は　いそぐ　ようじも　ないので、ゆっくり　あるいて　帰りましょう。

　　　1　用事　　　　　　2　要事　　　　　　3　容事　　　　　　4　用時

13　大学の　とき、友だちと　もりで　キャンプした　ことが　ある。

　　　1　林　　　　　　　2　樹　　　　　　　3　森　　　　　　　4　木

14　わたしの　へやには　せかい　ちずが　はって　あります。

　　　1　比図　　　　　　2　比区　　　　　　3　地図　　　　　　4　地区

15　おなかが　すいて　ゆうはんを　たくさん　食べて　しまった。

　　　1　夕飯　　　　　　2　夕館　　　　　　3　夕食　　　　　　4　夕飲

問題3 （　　　）に　なにを　いれますか。1・2・3・4から　いちばん　いい
　　　ものを　ひとつ　えらんで　ください。

（例）　スーパーで　もらった　（　　）を　見ると、何を　買ったか
わかります。
　　　1　レジ　　　　　2　レシート　　　3　おつり　　　　4　さいふ

（かいとうようし）　（例）　① ● ③ ④

16　ことしから　日記を（　　　）しゅうかんを　みに　つけようと　思って
います。
　　　1　かける　　　　2　こめる　　　　3　つくる　　　　4　つける

17　しゃかいの（　　　）は　ちゃんと　まもりましょう。
　　　1　スケジュール　2　ルール　　　　3　バイト　　　　4　イベント

18　ながい　あいだ、お（　　　）に　なりました。
　　　1　せわ　　　　　2　めんどう　　　3　じゃま　　　　4　ねがい

19　すみません。くつした（　　　）は　なんがいですか。
　　　1　ばいてん　　　2　うけつけ　　　3　うんどうじょう4　うりば

20　ここに　車を（　　　）ください。
　　　1　とまらないで　2　のらないで　　3　とめないで　　4　もたないで

21 わたしは いつも ねる まえに シャワーを（　　　）。

　1 つつみます　　　2 ひえます　　　3 あびます　　　4 つたえます

22 あさ（　　　）を して、じゅぎょうに おくれて しまった。

　1 よやく　　　　　2 ほんやく　　　3 かぜ　　　　　4 ねぼう

23 この しょるいを きむらさんに（　　　）ください。

　1 かんがえて　　　2 わたして　　　3 おしえて　　　4 みつかって

24 よしださんが こんなに はやく おきるなんて（　　　）ですね。

　1 めずらしい　　2 やわらかい　　3 はずかしい　　4 かなしい

25 この 川は（　　　）ですから、きを つけて ください。

　1 あおい　　　　　2 くろい　　　　3 ふかい　　　　4 おそい

問題4 _____の ぶんと だいたい おなじ いみの ぶんが あります。
1・2・3・4から いちばん いい ものを ひとつ えらんで ください。

(例) でんしゃの 中で さわがないで ください。

1 でんしゃの 中で ものを たべないで ください。

2 でんしゃの 中で うるさく しないで ください。

3 でんしゃの 中で たばこを すわないで ください。

4 でんしゃの 中で きたなく しないで ください。

(かいとうようし)

---

26 ちゅうごくごは ほとんど わすれて しまいました。

1 ちゅうごくごは まだ おぼえて います。

2 ちゅうごくごは あまり おぼえて いません。

3 ちゅうごくごは よく おぼえて います。

4 ちゅうごくごは ぜんぜん おぼえて いません。

27 この しょくどうは いつも すいて いますね。

1 この しょくどうは きゃくが おおぜい いますね。

2 この しょくどうは きゃくが すくないですね。

3 この しょくどうは てんいんが あまり いませんね。

4 この しょくどうは てんいんが とても しんせつですね。

28 だれも いなくて びっくり しました。

　　1　ひとが いて あんしんしました。

　　2　ひとが おおくて がっかりしました。

　　3　ひとが すくなくて しんぱいしました。

　　4　ひとが いなくて おどろきました。

29 母は 今 るすです。

　　1　母は 今 でかけて います。

　　2　母は 今 家に います。

　　3　母は 今 へやに います。

　　4　母は 今 はたらいて います。

30 からだが ひえて しまいました。

　　1　外は あたたかかったです。

　　2　外は さむかったです。

　　3　外は かぜが つよかったです。

　　4　外は あめが ひどかったです。

問題5　つぎの　ことばの　つかいかたで　いちばん　いい　ものを　1・2・3・4から　ひとつ　えらんで　ください。

31　うけつけ

1　わたしは　ことしから　まいあさ　うけつけを　する　ことに　しました。

2　パソコンが　こわれたので、しゅうり　うけつけを　もうしこみました。

3　けんこうの　ために　もっと　うけつけを　しなければ　なりません。

4　うけつけで　てを　あらって　ください。

32　はく

1　ぶんかに　よっては　スカートを　はく　だんせいも　いる　そうです。

2　わたしは　あさと　よる、いちにち　2かい　はを　はいて　います。

3　テーブルの　うえの　みずを　ティッシュで　きれいに　はきました。

4　かれは　すてきな　ネクタイを　はいて　います。

33 よる

1 たべものは なにも よって いませんでした。

2 しゅくだいを わすれて せんせいに よられて しまいました。

3 しごとの かえりに しょてんに よく よります。

4 きょうしつの なかでは よらないで ください。

34 ごらん

1 その しゃしんは わたしは まだ ごらんした ことが ありません。

2 みなさん、こちらを ごらん ください。

3 これ おいしいですよ、どうぞ ごらん ください。

4 この ほんなら わたしも ごらんに なった ことが ありますよ。

35 わりあい

1 きのうから わりあい なにも たべて いません。

2 もっと わりあい べんきょうしないと、ごうかくは むずかしいです。

3 しんぱいして いましたが、わりあい やさしい もんだいでした。

4 きょうの しごとは わりあい おわりました。

N4

<ruby>言語知識<rt>げんごちしき</rt></ruby>（<ruby>文法<rt>ぶんぽう</rt></ruby>）・<ruby>読解<rt>どっかい</rt></ruby>

（55<ruby>分<rt>ぷん</rt></ruby>）

<ruby>注<rt>ちゅう</rt></ruby>　<ruby>意<rt>い</rt></ruby>
Notes

1. <ruby>試験<rt>しけん</rt></ruby>が<ruby>始<rt>はじ</rt></ruby>まるまで、この<ruby>問題用紙<rt>もんだいようし</rt></ruby>を<ruby>開<rt>あ</rt></ruby>けないでください。
   Do not open this question booklet until the test begins.

2. この<ruby>問題用紙<rt>もんだいようし</rt></ruby>を<ruby>持<rt>も</rt></ruby>って<ruby>帰<rt>かえ</rt></ruby>ることはできません。
   Do not take this question booklet with you after the test.

3. <ruby>受験番号<rt>じゅけんばんごう</rt></ruby>と<ruby>名前<rt>なまえ</rt></ruby>を<ruby>下<rt>した</rt></ruby>の<ruby>欄<rt>らん</rt></ruby>に、<ruby>受験票<rt>じゅけんひょう</rt></ruby>と<ruby>同<rt>おな</rt></ruby>じように<ruby>書<rt>か</rt></ruby>いて
   ください。
   Write your examinee registration number and name clearly in each box below as written on your test voucher.

4. この<ruby>問題用紙<rt>もんだいようし</rt></ruby>は、<ruby>全部<rt>ぜんぶ</rt></ruby>で15ページあります。
   This question booklet has 15 pages.

5. <ruby>問題<rt>もんだい</rt></ruby>には<ruby>解答番号<rt>かいとうばんごう</rt></ruby>の 1 、 2 、 3 … があります。
   <ruby>解答<rt>かいとう</rt></ruby>は、<ruby>解答用紙<rt>かいとうようし</rt></ruby>にある<ruby>同<rt>おな</rt></ruby>じ<ruby>番号<rt>ばんごう</rt></ruby>のところにマークして
   ください。
   One of the row numbers 1 , 2 , 3 … is given for each question. Mark your answer in the same row of the answer sheet.

<ruby>受験番号<rt>じゅけんばんごう</rt></ruby>　Examinee Registration Number	

<ruby>名前<rt>なまえ</rt></ruby>　Name	

問題1 （　　　）に　何を　入れますか。1・2・3・4から　いちばん　いい
　　　ものを　一つ　えらんで　ください。

___

（例）　わたしは　毎朝　新聞　（　　）　読みます。

　　　1　が　　　　　2　の　　　　　3　を　　　　　4　で

（解答用紙）　　[　（例）　① ② ● ④　]

___

[1]　この　工場では　テレビ（　　　　　）ラジオ　などが　作られて　います。

　　　1　と　　　　　　2　や　　　　　　3　も　　　　　　4　が

[2]　先生に　（　　　　　）うれしかったです。

　　　1　ほめてくれて　　2　ほめてあげて　　3　ほめさせて　　4　ほめられて

[3]　今度の　プロジェクトは、ぜひ　わたし（　　　　　）やらせて　ください。

　　　1　を　　　　　　2　は　　　　　　3　に　　　　　　4　が

[4]　わたしの　しゅみは　料理を　する（　　　　　）です。

　　　1　ところ　　　　2　こと　　　　　3　もの　　　　　4　だけ

[5]　ここに　お名前と　ご住所を（　　　　　）ください。

　　　1　おかきに　なって　　　　　　　　2　おかき　して

　　　3　おかきに　なさって　　　　　　　4　おかき　いたして

6 A「これが わたしの ろんぶんです。」

B「そうですか、 それでは （　　　　　）。」

1　よませて いただきます　　　　　2　よまさせて いただきます

3　よまれて いただきます　　　　　4　よまされて いただきます

7 A「まどを 開けましょうか。」

B「いいえ、寒いから （　　　　　） いいんです。」

1　しめなくても　　2　しめないで　　3　しめたままで　　4　しめても

8 わたしの 部屋は ここ （　　　　　） 広く ない。

1　ばかり　　　　　2　だけ　　　　　3　ほど　　　　　4　ところ

9 今日の 授業は これで おわり （　　　　　） しましょう。

1　で　　　　　　　2　に　　　　　　3　でも　　　　　4　しか

10 野村先生の 授業は ていねいで （　　　　　）。

1　分かるようだ　　2　分かるらしい　　3　分かりやすい　　4　分かりにくい

11 レポートは 今週までに 出す （　　　　　） して ください。

1　ように　　　　　2　みたいに　　　　3　そうに　　　　4　はずに

12 友だちに （　　　　　） ゴルフを 始めました。

1　さそわせて　　　2　さそわさせて　　3　さそわれて　　4　さそわれて

13 この 店の 料理は おいしいです。（　　　　）店員も しんせつです。

　1　それで　　　　　　2　しかし　　　　　3　すると　　　　　4　それに

14 A「かぜを ひいて せきも 出るし、鼻水も 出ます。」

　B「それは（　　　　　　）。」

　1　だいじょうぶですか　　　　　　　　2　いけませんね

　3　なりませんね　　　　　　　　　　　4　ごちそうさまでした。

15 どんな お仕事を（　　　　　）いますか。

　1　いたして　　　　　2　なさって　　　3　おっしゃって　4　うかがって

問題2 _____★_____ に 入る ものは どれですか。1・2・3・4から いちばん
いい ものを 一つ えらんで ください。

16 夏と 冬 _____ _____ ★_____ _____ 好きですか。
　　　1　では　　　　2　どちら　　　3　と　　　　4　が

17 A「田中さん、いつ 東京に 来ましたか。」
　　B「じつは、_____ _____ ★_____ _____ です。」
　　1　着いた　　　2　なん　　　3　けさ　　　4　ばかり

18 A「レポートの　しめきりは　いつですか。」

B「今週の　金曜日 ＿＿＿＿＿ ＿＿＿＿＿ ＿＿★＿＿＿ ＿＿＿＿＿ 出して　ください。」

1　かならず　　　　2　に　　　　　　3　まで　　　　　4　は

19 いくら ＿＿＿＿＿＿ ＿＿★＿＿＿ ＿＿＿＿＿＿ ＿＿＿＿＿＿ も　いる　ようだ。

1　人　　　　　　2　食べても　　　3　たくさん　　　4　ふとらない

20 こちらに　お名前と ＿＿＿＿＿＿ ＿＿＿＿＿＿ ＿＿★＿＿＿ ＿＿＿＿＿ ください。

1　じゅうしょを　2　書き　　　　3　お　　　　　　4　ご

きのう、友だちと　お昼ご飯を　食べて　いる　とき、「いつも　しあわせそう
だけど、何を　して　いる　とき、一番　しあわせ？」と　聞かれました。今の
人生に　21　、家族と　おいしい　食事を　したり、旅行に　行ったり、きれい
な　景色を　見たり、家事を　22　自分だけの　時間が　あったり　する　とき
しあわせだと　思いますが、「何が　一番　しあわせ？」と　聞かれたら、答え
られませんでした。

　けれども　よく　考えて　みたら、その　答えは　すぐ　見つける　ことが　で
きました。わたしは　結婚して　7年目に　なって　子どもが　二人です。毎日
家事が　いそがしくて　結婚前の　自由な　時間は　なくなった　23　が、子ど
もが　寝たり、笑ったり　する　顔を　見るのが　一番　しあわせです。

　急に　主人は　どう　思って　いるのか、知りたく　なって　同じ　質問を　し
て　みました。24　主人は　「そうだな。仕事から　帰って　きて　『ただい
ま』と　言ったら、『お帰り』と　言って　くれる　ときかな」と　言いました。
「ほんとうに　それだけ？」と　聞いたら、主人は、そのとき、仕事が　無事に
終わって　よかった、子どもたちも　元気に　何もなく　家に　帰って　きて　く
れて　よかったと　思ったら　しあわせな　気分に　なると　答えました。人生の
しあわせと　いうのは　意外と　25　かも　しれませんね。

21

1　たまに　満足して　きたし　　　　2　満足したか　考えた　ことが　ないし

3　これと　いった　不満は　ないし　　4　不満も　多かったし

22

1　済んで　　　　2　済まれて　　　　3　終わって　　　　4　終わらせて

23

1　ことが　ありません　　　　　2　かもしれません

3　とは　思いません　　　　　　4　ことが　あります

24

1　すると　　　　2　それでは　　　　3　でも　　　　4　たとえば

25

1　大きなこと　　　2　小さなこと　　　3　大変なこと　　　4　楽なこと

問題4　つぎの（1）から（4）の文章を読んで、質問に答えてください。答えは、
　　　　1・2・3・4から、いちばんいいものを一つえらんでください。

（1）

　わたしは今年、大学を卒業して、横浜にあるゲーム会社に就職しました。それで先月、横浜に引っこしてきました。わたしは子どものころからゲームが大好きだったので、いつもゲーム関係の仕事がやりたいと思っていました。

　新しいアパートは前のアパートより少し狭いですが、会社まで歩いて5分なので本当に便利です。仕事は9時からですが、私は8時に起きます。8時に起きても、朝ごはんを食べる時間があります。会社までゆっくり歩いて行っても間に合うので、みんなにうらやましがられています。

26　どうしてみんなにうらやましがられていますか。

1　ゲーム会社に就職することができたからです。

2　朝ごはんを食べる時間があるからです。

3　会社が近くて、朝、急がなくてもいいからです。

4　大好きなゲーム関係の仕事をしているからです。

（2）

次は、ある図書館の利用案内文です。

ニコニコ図書館の利用案内

利用できる曜日は、火曜日～日曜日で、時間は午前9時から午後6時までです。

毎週月曜日はお休みです。

本を借りたい人は、まず受付で会員登録をしてください。

本は一人5冊まで借りられます。2週間以内に返してください。

図書館に、飲み物やお菓子などを持ってきてはいけません。

---

27 この図書館について正しいものはどれですか。

1 この図書館は、毎日利用できます。

2 この図書館は、夜遅くまで利用できます。

3 この図書館では、ジュースを飲んでもいいです。

4 この図書館では、おやつを食べてはいけません。

（3）

会議の場所が変わったことを知らせるEメールです。

田中さん

　来週の会議の場所が変わったのでEメールを送ります。参加する人が20人から30人に増えました。それで会議室は新館ではなく、本館の「Bルーム」になりました。資料のコピーも10部増やしてください。また会議の時間が長くなりそうなので、飲み物などの用意もお願いします。会議の日程は10月1日午前11時、そのままです。変わった場所は参加者にEメールで知らせてください。それでは会議の前にまた連絡します。よろしくお願いします。

木村

28　このメールを読んで田中さんは何をしますか。

　1　資料のコピーを30部増やします。

　2　会議の場所が新館に変わったことを知らせます。

　3　30人の飲み物を準備します。

　4　会議の場所が変わったことを電話で知らせます。

（４）

> 　わたしは日曜日は、のんびり、家で過ごすのが好きです。仕事は毎日大変で、帰るといつも夜遅いし、土曜日も予定や用事があったりすると、夜、帰ることになります。なので、日曜日だけは一人で自由になりたいのです。太陽の光を浴びながら、近くの公園を散歩したり、普段読めなかった本を読んだり、食べてみたい料理も作ってみます。何より、月曜日からまた仕事が始まるので、心も体も休ませたいです。つまり出勤前は完全に休みたいという気持ちですね。みなさんはどうしていますか。

29　この文を書いた人はどう考えていますか。

1　日曜日はゆっくり休んで、また仕事をがんばりたいです。

2　日曜日はどこにも出かけたくありません。

3　日曜日に読む本はいつも決まっています。

4　疲れるから、本当は土曜日に予定を入れたくありません。

問題5 つぎの文章を読んで、質問に答えてください。答えは、1・2・3・4から、いちばんいいものを一つえらんでください。

みなさんも、アニメのフィギュアを一つぐらいは持っているでしょうか。

わたしはフィギュアを集めるのが大好きです。小学生のときから、アニメのフィギュアを集めてきました。それで、わたしの部屋は今、フィギュアでいっぱいです。

まわりの人の中には、①わたしを変な目で見る人もいます。小さい子どもならいいが、30歳にもなった大人が、どうしてそんなおもちゃを集めるのか、集めて何がいいのか、と言います。

わたしはそんなことを言う人に、②こう聞きます。世の中には、絵などの美術品を集める人も多いのではありませんか、また、好きなミュージシャンのCDを集める人も多いのではないでしょうか、と。

わたしは、フィギュアが本当に好きです。そしてフィギュアを見ているだけでも楽しいです。これは、③絵を見るのと同じだと思います。

この世にはいろいろな人がいます。また、自分と考えが違う人もたくさんいます。何でも自分を基準に考えて、他人のことを変だと考えないでほしいです。

わたしは今も、フィギュアを集めています。おじいさんになっても、フィギュアを集め続けます。ただ一つ心配なのは、フィギュアを置くスペースが、もうないということです。それで、もっと広い家に引っこしたいです。

30 どうして①わたしを変(へん)な目で見る人もいますか。

1 高いフィギュアを集(あつ)めるのが理解(りかい)できないから

2 部屋(へや)にフィギュアを置(お)くのが理解(りかい)できないから

3 子どもがフィギュアを集(あつ)めるのが理解(りかい)できないから

4 大人がフィギュアを集(あつ)めるのが理解(りかい)できないから

31 ②こう聞きますとありますが、何と聞きますか。

1 絵や音楽のCDを集める人(ひと)も変(へん)だと思いますか。

2 どうしてフィギュアが好きではないですか。

3 絵などの美術品(びじゅつひん)を集(あつ)めるのは楽しいですか。

4 好きなミュージシャンのCDを集めるのは楽しいですか。

32 何が③絵を見るのと同じですか。

1 絵を集めるだけで楽しいこと

2 音楽(おんがく)を聞くだけで楽しいこと

3 フィギュアを見るだけで楽しいこと

4 フィギュアを見るのは絵を見るのより楽しいこと

33 この人が一番言いたいことは何ですか。

1 フィギュアを集(あつ)めるのは、本当に楽しいです。

2 他人(たにん)のことを自分(じぶん)の基準(きじゅん)で考えないでほしいです。

3 フィギュアを置(お)くスペースがなくて困(こま)っています。

4 年をとってもフィギュアを集(あつ)め続(つづ)けます

問題6　右のページの「ABC 学院のおしらせ」を見て、下の質問に答えてください。
　　　　答えは、1・2・3・4から、いちばんいいものを一つえらんでください。

34　中学2年生のAさんは、すでにこのABC学院で授業を受けていて、小学6年生の妹が今月から新しく授業を受けます。今月、二人でいくら払いますか。

1　25,300円

2　22,700円

3　19,500円

4　15,650円

35　本文の中で正しくないものはどれですか。

1　この学院は、一人の先生が一人の生徒を教えます。

2　この学院は、生徒の学習レベルによって教え方が違います。

3　授業料は学年が上がるほど、高くなります。

4　授業料は東京が一番高いです。

ABC学院では、講師１人に生徒１人、マンツーマンのオーダーメイドの授業を行います。お子さまの学習レベルに合わせた１対１授業でございます。小学生から高校生まで、丁寧にご指導いたします。

授業料案内（東京）

	～小5	小6	中1	中2	中3	高1	高2	高3
通常の値段	11,500円	12,000円	13,500円	13,700円	14,500円	17,000円	17,800円	19,500円

＊当学院の授業が初めての方はこの値段から50％割引いたします。

＊当学院の授業が初めての方の入会料金は3,000円です。

N4

聴解
ちょうかい

（35分）
ふん

受験番号 Examinee Registration Number	

名前 Name	

233

もんだい
問題 1

　問題１では、まず　しつもんを　聞いて　ください。それから　話を
聞いて、もんだいようしの　１から４の　中から、いちばん　いい　ものを
一つ　えらんで　ください。

れい

1　長そでの　シャツと　半ズボン

2　半そでの　シャツと　半ズボン

3　半そでの　シャツと　長いズボン

4　長そでの　シャツと　長いズボン

1ばん

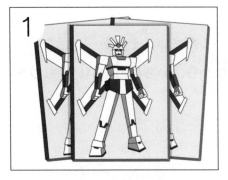

2ばん

3ばん

1　会議に　出席します

2　ABC社の　社長に　工場の　案内を　します

3　ABC社の　社長と　会議を　します

4　課長と　工場を　案内します

4ばん

5ばん

1　はじめて　行く　ところは　やくそくの　ばしょに　しない

2　道に　まよわないように　気を　つける

3　ちかてつの　時間を　しらべる

4　やくそくの　時間に　おくれないように、もっと　早く　家を　出る

6ばん

1　東京から　バスで　2時間しか　かからないから

2　京都に　行って　おてらも　見たいから

3　箱根は　せんげつ　かぞくりょこうで　行って　きたから

4　京都は　箱根より　有名だから

7ばん

1　よしださんを　さそう

2　いますぐ　4人で　店に　行く

3　かいいんとうろくする

4　きむらさんも　かいいんに　とうろくさせる

第3回

8ばん

1　むすめに　じゅくで　べんきょうしたいのか　聞く

2　むすめに　大事は　ことは　何か　聞く

3　ぜんこくで　いちばん　大きい　じゅくを　さがす

4　むすめが　好きな　先生を　さがす

問題2

　問題2では、まず　しつもんを　聞いて　ください。そのあと、もんだいようしを　見て　ください。読む　時間が　あります。それから話を　聞いて、もんだいようしの　1から4の　中から、いちばん　いいものを　一つ　えらんで　ください。

れい

1　デザインが　気に　入らないから

2　色が　気に　入らないから

3　値段が　高いから

4　お金が　ないから

1ばん

1 今日は 休日だから

2 外国へ 行くから

3 家に お客さんが 来るから

4 たいへんな お客さんが 来るから

2ばん

1 お父さんの 仕事を 手伝って いたから

2 バイトで 忙しかったから

3 体の 調子が 悪かったから

4 レポートを 書いて いたから

3ばん

1 ウイスキー

2 ネクタイ

3 服

4 ギフトカード

4ばん

1 子どもたちとの 旅行

2 つまと 二人だけの 旅行

3 家族 みんなで 行く 旅行

4 一人で 行く 旅行

5ばん

1 しごとの　せきにんが　おもく　なったから

2 かいしゃで　ながく　しごとを　して　いるから

3 さいきん、しごとに　ミスが　よく　あるから

4 さいきん、だいじな　プロジェクトが　よく　あるから

6ばん

1 かれは　しごとは　できたけど、やさしい　人では　なかったから

2 かれは　ぜんぜん　たのしい　人では　なかったから

3 かれは　たのしい　人だけど、しごとが　できなかったから

4 かれと　せいかくが　あわないと　かんじる　ときが　多かったから

7ばん

1 あたらしい しゃいんを そだてたいから

2 しゃいんに たくさんの お金を 出したいから

3 かいしゃとしては いろんな けいけんを して いる 人が ほしい
から

4 いろんな ところで はたらいた 人が 少ないから

問題3

<ruby>問題<rt>もんだい</rt></ruby>3

問題3では、えを　<ruby>見<rt>み</rt></ruby>ながら　しつもんを　<ruby>聞<rt>き</rt></ruby>いて　ください。（やじるし）の<ruby>人<rt>ひと</rt></ruby>は　<ruby>何<rt>なん</rt></ruby>と　<ruby>言<rt>い</rt></ruby>いますか。1から3の　<ruby>中<rt>なか</rt></ruby>から、いちばん　いい　ものを　<ruby>一<rt>ひと</rt></ruby>つえらんでください。

れい

1ばん

2ばん

3 ばん

4 ばん

5 ばん

問題4では、えなどが　ありません。まず　ぶんを　聞いて　ください。
それから、そのへんじを　聞いて、1から3の　中から、いちばん　いい　ものを
一つ　えらんで　ください。

― メモ ―

N5 第1回 日本語能力試験　模擬テスト 解答用紙

げんごちしき（もじ・ごい）

じゅけんばんごう
Examinee Registration
Number

なまえ
Name

〈ちゅうい Notes〉

1. くろい えんぴつ (HB、No.2) で かいて ください。
　（ペンや ボールペンでは かかないで ください。）
　Use a black medium soft (HB or No.2) pencil.
　(Do not use any kind of pen.)
2. かきなおす ときは、けしゴムで きれいに けして ください。
　Erase any unintended marks completely.
3. きたなく したり、おったり しないで ください。
　Do not soil or bend this sheet.
4. マークれい Marking examples

よい れい Correct Example	わるい れい Incorrect Examples
●	⊘ ⊖ ◯ ⦸ ◑ ◐

もんだい 1

1	①	②	③	④
2	①	②	③	④
3	①	②	③	④
4	①	②	③	④
5	①	②	③	④
6	①	②	③	④
7	①	②	③	④
8	①	②	③	④
9	①	②	③	④
10	①	②	③	④
11	①	②	③	④
12	①	②	③	④

もんだい 2

13	①	②	③	④
14	①	②	③	④
15	①	②	③	④
16	①	②	③	④
17	①	②	③	④
18	①	②	③	④
19	①	②	③	④
20	①	②	③	④

もんだい 3

21	①	②	③	④
22	①	②	③	④
23	①	②	③	④
24	①	②	③	④
25	①	②	③	④
26	①	②	③	④
27	①	②	③	④
28	①	②	③	④
29	①	②	③	④
30	①	②	③	④

もんだい 4

31	①	②	③	④
32	①	②	③	④
33	①	②	③	④
34	①	②	③	④
35	①	②	③	④

じゅけんばんごう
Examinee Registration
Number

なまえ
Name

もんだい 1				
1	①	②	③	④
2	①	②	③	④
3	①	②	③	④
4	①	②	③	④
5	①	②	③	④
6	①	②	③	④
7	①	②	③	④
8	①	②	③	④
9	①	②	③	④
10	①	②	③	④
11	①	②	③	④
12	①	②	③	④
13	①	②	③	④
14	①	②	③	④
15	①	②	③	④
16	①	②	③	④

もんだい 2				
17	①	②	③	④
18	①	②	③	④
19	①	②	③	④
20	①	②	③	④
21	①	②	③	④

もんだい 3				
22	①	②	③	④
23	①	②	③	④
24	①	②	③	④
25	①	②	③	④

もんだい 4				
26	①	②	③	④
27	①	②	③	④
28	①	②	③	④
29	①	②	③	④

もんだい 5				
30	①	②	③	④
31	①	②	③	④

もんだい 6				
32	①	②	③	④

裁真線

裁剪線

N5 第1回 日本語能力試 模擬テスト 解答用紙

ちょうかい

〈ちゅうい Notes〉

1. くろい えんぴつ (HB、No.2) で かいて ください。
（ペンや ボールペンでは かかないで ください。）
Use a black medium soft (HB or No.2) pencil.
(Do not use any kind of pen.)

2. かきなおす ときは、けしゴムで きれいに けして ください。
Erase any unintended marks completely.

3. きたなく したり、おったり しないで ください。
Do not soil or bend this sheet.

4. マークれい Marking examples

よい れい Correct Example	わるい れい Incorrect Examples
●	⊘ ○ ◎ ● ⊙ ①

もんだい 1

	1	2	3	4
れい	●	②	③	④
1	①	②	③	④
2	①	②	③	④
3	①	②	③	④
4	①	②	③	④
5	①	②	③	④
6	①	②	③	④
7	①	②	③	④

もんだい 2

	1	2	3	4
れい	①	●	③	④
1	①	②	③	④
2	①	②	③	④
3	①	②	③	④
4	①	②	③	④
5	①	②	③	④
6	①	②	③	④

もんだい 3

	1	2	3
れい	①	●	③
1	①	②	③
2	①	②	③
3	①	②	③
4	①	②	③
5	①	②	③

もんだい 4

	1	2	3
れい	●	②	③
1	①	②	③
2	①	②	③
3	①	②	③
4	①	②	③
5	①	②	③
6	①	②	③

N5

第2回 日本語能力試 模擬テスト 解答用紙

げんごちしき (もじ・ごい)

じゅけんばんごう
Examinee Registration
Number

なまえ
Name

〈ちゅうい Notes〉

1. 〈ろい えんぴつ (HB、No2) で かいて ください。
   〈ペンや ボールペンでは かかないで ください。〉
   Use a black medium soft (HB or No.2) pencil.
   (Do not use any kind of pen.)

2. かきなおす ときは、けしゴムで きれいに けして
   ください。
   Erase any unintended marks completely.

3. きたなく したり、おったり しないで ください。
   Do not soil or bend this sheet.

4. マークれい Marking examples

よい れい Correct Example	わるい れい Incorrect Examples
●	⊘ ◯ ○ ◑ ⊙ ◐

もんだい 1

1	①	②	③	④
2	①	②	③	④
3	①	②	③	④
4	①	②	③	④
5	①	②	③	④
6	①	②	③	④
7	①	②	③	④
8	①	②	③	④
9	①	②	③	④
10	①	②	③	④
11	①	②	③	④
12	①	②	③	④

もんだい 2

13	①	②	③	④
14	①	②	③	④
15	①	②	③	④
16	①	②	③	④
17	①	②	③	④
18	①	②	③	④
19	①	②	③	④
20	①	②	③	④

もんだい 3

21	①	②	③	④
22	①	②	③	④
23	①	②	③	④
24	①	②	③	④
25	①	②	③	④
26	①	②	③	④
27	①	②	③	④
28	①	②	③	④
29	①	②	③	④
30	①	②	③	④

もんだい 4

31	①	②	③	④
32	①	②	③	④
33	①	②	③	④
34	①	②	③	④
35	①	②	③	④

裁剪線

N5 第2回 日本語能力試 模擬テスト 解答用紙

げんごちしき（ぶんぽう）・どっかい

じゅけんばんごう
Examinee Registration
Number

なまえ
Name

〈ちゅうい Notes〉

1. くろい えんぴつ (HB、No.2) で かいて ください。
   （ペンや ボールペンでは かかないで ください。）
   Use a black medium soft (HB or No.2) pencil.
   (Do not use any kind of pen.)

2. かきなおす ときは、けしゴムで きれいに けして ください。
   Erase any unintended marks completely.

3. きたなく したり、おったり しないで ください。
   Do not soil or bend this sheet.

4. マークれい Marking examples

よい れい Correct Example	わるい れい Incorrect Examples
●	⊘ ◌ ⊖ ◍ ⦸ ○

もんだい 1

1	①	②	③	④
2	①	②	③	④
3	①	②	③	④
4	①	②	③	④
5	①	②	③	④
6	①	②	③	④
7	①	②	③	④
8	①	②	③	④
9	①	②	③	④
10	①	②	③	④
11	①	②	③	④
12	①	②	③	④
13	①	②	③	④
14	①	②	③	④
15	①	②	③	④
16	①	②	③	④

もんだい 2

17	①	②	③	④
18	①	②	③	④
19	①	②	③	④
20	①	②	③	④
21	①	②	③	④

もんだい 3

22	①	②	③	④
23	①	②	③	④
24	①	②	③	④
25	①	②	③	④
26	①	②	③	④

もんだい 4

27	①	②	③	④
28	①	②	③	④
29	①	②	③	④

もんだい 5

30	①	②	③	④
31	①	②	③	④

もんだい 6

32	①	②	③	④

裁剪線

じゅけんばんごう
Examinee Registration
Number

なまえ
Name

〈ちゅうい Notes〉

1. 〈ろい えんぴつ（HB、No.2）で かいて ください。
（ペンや ボールペンでは かかないで ください。）
Use a black medium soft (HB or No.2) pencil.
(Do not use any kind of pen.)

2. かきなおす ときは、けしゴムで きれいに けして
ください。
Erase any unintended marks completely.

3. きたなく したり、おったり しないで ください。
Do not soil or bend this sheet.

4. マークれい Marking examples

よい れい Correct Example	わるい れい Incorrect Examples
●	⊘ ◯ ◯ ◑ ⊖ ◍

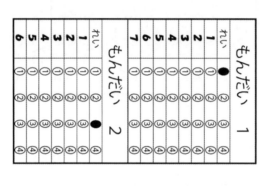

もんだい 1

れい	①	●	③	④
1	①	②	③	④
2	①	②	③	④
3	①	②	③	④
4	①	②	③	④
5	①	②	③	④
6	①	②	③	④
7	①	②	③	④

もんだい 2

れい	①	②	●	④
1	①	②	③	④
2	①	②	③	④
3	①	②	③	④
4	①	②	③	④
5	①	②	③	④
6	①	②	③	④

もんだい 3

れい	①	●	③
1	①	②	③
2	①	②	③
3	①	②	③
4	①	②	③
5	①	②	③

もんだい 4

れい	①	●	③
1	①	②	③
2	①	②	③
3	①	②	③
4	①	②	③
5	①	②	③
6	①	②	③

裁剪線

N4 第1回 日本語能力試 模擬テスト 解答用紙

げんごちしき（もじ・ごい）

じゅけんばんごう
Examinee Registration
Number

なまえ
Name

〈ちゅうい Notes〉
1. くろい えんぴつ (HB、No.2) で かいて ください。
（ペンや ボールペンでは かかないで ください。）
Use a black medium soft (HB or No.2) pencil.
(Do not use any kind of pen.)
2. かきなおす ときは、けしゴムで きれいに けして ください。
Erase any unintended marks completely.
3. きたなく したり、おったり しないで ください。
Do not soil or bend this sheet.
4. マークれい Marking examples

よい れい Correct Example	わるい れい Incorrect Examples
●	⊘ ⊗ ◑ ◐ ⊕ ○

もんだい 1

1	①	②	③	④
2	①	②	③	④
3	①	②	③	④
4	①	②	③	④
5	①	②	③	④
6	①	②	③	④
7	①	②	③	④
8	①	②	③	④
9	①	②	③	④

もんだい 2

10	①	②	③	④
11	①	②	③	④
12	①	②	③	④
13	①	②	③	④
14	①	②	③	④
15	①	②	③	④

もんだい 3

16	①	②	③	④
17	①	②	③	④
18	①	②	③	④
19	①	②	③	④
20	①	②	③	④
21	①	②	③	④
22	①	②	③	④
23	①	②	③	④
24	①	②	③	④
25	①	②	③	④

もんだい 4

26	①	②	③	④
27	①	②	③	④
28	①	②	③	④
29	①	②	③	④
30	①	②	③	④

もんだい 5

31	①	②	③	④
32	①	②	③	④
33	①	②	③	④
34	①	②	③	④
35	①	②	③	④

N4 第1回 日本語能力試 模擬テスト 解答用紙

げんごちしき（ぶんぽう）・どっかい

じゅけんばんごう
Examinee Registration Number

なまえ
Name

もんだい 1

1	①	②	③	④
2	①	②	③	④
3	①	②	③	④
4	①	②	③	④
5	①	②	③	④
6	①	②	③	④
7	①	②	③	④
8	①	②	③	④
9	①	②	③	④
10	①	②	③	④
11	①	②	③	④
12	①	②	③	④
13	①	②	③	④
14	①	②	③	④
15	①	②	③	④

もんだい 2

16	①	②	③	④
17	①	②	③	④
18	①	②	③	④
19	①	②	③	④
20	①	②	③	④

もんだい 3

21	①	②	③	④
22	①	②	③	④
23	①	②	③	④
24	①	②	③	④
25	①	②	③	④

もんだい 4

26	①	②	③	④
27	①	②	③	④
28	①	②	③	④
29	①	②	③	④

もんだい 5

30	①	②	③	④
31	①	②	③	④
32	①	②	③	④
33	①	②	③	④

もんだい 6

34	①	②	③	④
35	①	②	③	④

N4 第1回 日本語能力試 模擬テスト 解答用紙

ちょうかい

じゅけんばんごう
Examinee Registration
Number

なまえ
Name

もんだい 1

れい	①	②	●	④
1	①	②	③	④
2	①	②	③	④
3	①	②	③	④
4	①	②	③	④
5	①	②	③	④
6	①	②	③	④
7	①	②	③	④
8	①	②	③	④

もんだい 2

れい	①	●	③	④
1	①	②	③	④
2	①	②	③	④
3	①	②	③	④
4	①	②	③	④
5	①	②	③	④
6	①	②	③	④
7	①	②	③	④

もんだい 3

れい	①	●	③
1	①	②	③
2	①	②	③
3	①	②	③
4	①	②	③
5	①	②	③

もんだい 4

れい	●	②	③
1	①	②	③
2	①	②	③
3	①	②	③
4	①	②	③
5	①	②	③
6	①	②	③
7	①	②	③
8	①	②	③

裁剪線

N4

第2回 日本語能力試 模擬テスト 解答用紙

げんごちしき (もじ・ごい)

じゅけんばんごう
Examinee Registration
Number

なまえ
Name

もんだい 1

1	①	②	③	④
2	①	②	③	④
3	①	②	③	④
4	①	②	③	④
5	①	②	③	④
6	①	②	③	④
7	①	②	③	④
8	①	②	③	④
9	①	②	③	④

もんだい 2

10	①	②	③	④
11	①	②	③	④
12	①	②	③	④
13	①	②	③	④
14	①	②	③	④
15	①	②	③	④

もんだい 3

16	①	②	③	④
17	①	②	③	④
18	①	②	③	④
19	①	②	③	④
20	①	②	③	④
21	①	②	③	④
22	①	②	③	④
23	①	②	③	④
24	①	②	③	④
25	①	②	③	④

もんだい 4

26	①	②	③	④
27	①	②	③	④
28	①	②	③	④
29	①	②	③	④
30	①	②	③	④

もんだい 5

31	①	②	③	④
32	①	②	③	④
33	①	②	③	④
34	①	②	③	④
35	①	②	③	④

裁剪線

N4 第2回 日本語能力試 模擬テスト 解答用紙

げんごちしき（ぶんぽう）・どっかい

じゅけんばんごう
Examinee Registration
Number

なまえ
Name

もんだい 1

1	①	②	③	④
2	①	②	③	④
3	①	②	③	④
4	①	②	③	④
5	①	②	③	④
6	①	②	③	④
7	①	②	③	④
8	①	②	③	④
9	①	②	③	④
10	①	②	③	④
11	①	②	③	④
12	①	②	③	④
13	①	②	③	④
14	①	②	③	④
15	①	②	③	④

もんだい 2

16	①	②	③	④
17	①	②	③	④
18	①	②	③	④
19	①	②	③	④
20	①	②	③	④

もんだい 3

21	①	②	③	④
22	①	②	③	④
23	①	②	③	④
24	①	②	③	④
25	①	②	③	④

もんだい 4

26	①	②	③	④
27	①	②	③	④
28	①	②	③	④
29	①	②	③	④

もんだい 5

30	①	②	③	④
31	①	②	③	④
32	①	②	③	④
33	①	②	③	④

もんだい 6

34	①	②	③	④
35	①	②	③	④

N4 第3回 日本語能力試 模擬テスト 解答用紙

げんごちしき（もじ・ごい）

じゅけんばんごう
Examinee Registration
Number

なまえ
Name

<ちゅうい Notes>
1. くろい えんぴつ (HB、No.2) で かいて ください。
   (ペンや ボールペンでは かかないで ください。)
   Use a black medium soft (HB or No.2) pencil.
   (Do not use any kind of pen.)
2. かきなおす ときは、けしゴムで きれいに けして
   ください。
   Erase any unintended marks completely.
3. きたなく したり、おったり しないで ください。
   Do not soil or bend this sheet.
4. マークれい Marking examples

よい れい Correct Example	わるい れい Incorrect Examples
●	⊗ ⊖ ◑ ⊕ ⊙ ◍

もんだい 1

1	①	②	③	④
2	①	②	③	④
3	①	②	③	④
4	①	②	③	④
5	①	②	③	④
6	①	②	③	④
7	①	②	③	④
8	①	②	③	④
9	①	②	③	④

もんだい 2

10	①	②	③	④
11	①	②	③	④
12	①	②	③	④
13	①	②	③	④
14	①	②	③	④
15	①	②	③	④

もんだい 3

16	①	②	③	④
17	①	②	③	④
18	①	②	③	④
19	①	②	③	④
20	①	②	③	④
21	①	②	③	④
22	①	②	③	④
23	①	②	③	④
24	①	②	③	④
25	①	②	③	④

もんだい 4

26	①	②	③	④
27	①	②	③	④
28	①	②	③	④
29	①	②	③	④
30	①	②	③	④

もんだい 5

31	①	②	③	④
32	①	②	③	④
33	①	②	③	④
34	①	②	③	④
35	①	②	③	④

裁剪線

N4 第3回 日本語能力試 模擬テスト 解答用紙

げんごちしき（ぶんぽう）・どっかい

じゅけんばんごう
Examinee Registration
Number

なまえ
Name

もんだい 1

1	① ② ③ ④
2	① ② ③ ④
3	① ② ③ ④
4	① ② ③ ④
5	① ② ③ ④
6	① ② ③ ④
7	① ② ③ ④
8	① ② ③ ④
9	① ② ③ ④
10	① ② ③ ④
11	① ② ③ ④
12	① ② ③ ④
13	① ② ③ ④
14	① ② ③ ④
15	① ② ③ ④

もんだい 2

16	① ② ③ ④
17	① ② ③ ④
18	① ② ③ ④
19	① ② ③ ④
20	① ② ③ ④

もんだい 3

21	① ② ③ ④
22	① ② ③ ④
23	① ② ③ ④
24	① ② ③ ④
25	① ② ③ ④

もんだい 4

26	① ② ③ ④
27	① ② ③ ④
28	① ② ③ ④
29	① ② ③ ④

もんだい 5

30	① ② ③ ④
31	① ② ③ ④
32	① ② ③ ④
33	① ② ③ ④

もんだい 6

| 34 | ① ② ③ ④ |
| 35 | ① ② ③ ④ |

N4 第3回 日本語能力試 模擬テスト 解答用紙

ちょうかい

じゅけんばんごう
Examinee Registration
Number

なまえ
Name

もんだい 1

れい	①	●	③	④
1	①	②	③	④
2	①	②	③	④
3	①	②	③	④
4	①	②	③	④
5	①	②	③	④
6	①	②	③	④
7	①	②	③	④
8	①	②	③	④

もんだい 2

れい	●	②	③	④
1	①	②	③	④
2	①	②	③	④
3	①	②	③	④
4	①	②	③	④
5	①	②	③	④
6	①	②	③	④
7	①	②	③	④

もんだい 3

れい	①	●	③
1	①	②	③
2	①	②	③
3	①	②	③
4	①	②	③
5	①	②	③

もんだい 4

れい	●	②	③
1	①	②	③
2	①	②	③
3	①	②	③
4	①	②	③
5	①	②	③
6	①	②	③
7	①	②	③
8	①	②	③

N4 日本語能力試 模擬テスト 解答用紙 (練習用)

げんごちしき (もじ・ごい)

もんだい 1

1	①	②	③	④
2	①	②	③	④
3	①	②	③	④
4	①	②	③	④
5	①	②	③	④
6	①	②	③	④
7	①	②	③	④
8	①	②	③	④
9	①	②	③	④

もんだい 2

10	①	②	③	④
11	①	②	③	④
12	①	②	③	④
13	①	②	③	④
14	①	②	③	④
15	①	②	③	④

もんだい 3

16	①	②	③	④
17	①	②	③	④
18	①	②	③	④
19	①	②	③	④
20	①	②	③	④
21	①	②	③	④
22	①	②	③	④
23	①	②	③	④
24	①	②	③	④
25	①	②	③	④

もんだい 4

26	①	②	③	④
27	①	②	③	④
28	①	②	③	④
29	①	②	③	④
30	①	②	③	④

もんだい 5

31	①	②	③	④
32	①	②	③	④
33	①	②	③	④
34	①	②	③	④
35	①	②	③	④

N4 日本語能力試 模擬テスト 解答用紙 (練習用)

げんごちしき (ぶんぽう)・どっかい

〈ちゅうい Notes〉

1. 〈ろい えんぴつ (HB、No.2) で かいて ください。
   (ペンや ボールペンでは かかないで ください。)
   Use a black medium soft (HB or No.2) pencil.
   (Do not use any kind of pen.)

2. かきなおす ときは、けしゴムで きれいに けして ください。
   Erase any unintended marks completely.

3. きたなく したり、おったり しないで ください。
   Do not soil or bend this sheet.

4. マークれい Marking examples

よい れい Correct Example	わるい れい Incorrect Examples
●	⊗ ◯ ◑ ◓ ● ①

もんだい 1

	1	2	3	4
1	①	②	③	④
2	①	②	③	④
3	①	②	③	④
4	①	②	③	④
5	①	②	③	④
6	①	②	③	④
7	①	②	③	④
8	①	②	③	④
9	①	②	③	④
10	①	②	③	④
11	①	②	③	④
12	①	②	③	④
13	①	②	③	④
14	①	②	③	④
15	①	②	③	④

もんだい 2

	1	2	3	4
16	①	②	③	④
17	①	②	③	④
18	①	②	③	④
19	①	②	③	④
20	①	②	③	④

もんだい 3

	1	2	3	4
21	①	②	③	④
22	①	②	③	④
23	①	②	③	④
24	①	②	③	④
25	①	②	③	④

もんだい 4

	1	2	3	4
26	①	②	③	④
27	①	②	③	④
28	①	②	③	④
29	①	②	③	④

もんだい 5

	1	2	3	4
30	①	②	③	④
31	①	②	③	④
32	①	②	③	④
33	①	②	③	④

もんだい 6

	1	2	3	4
34	①	②	③	④
35	①	②	③	④

裁剪線

N4 日本語能力試 模擬テスト 解答用紙（練習用）
ちょうかい

じゅけんばんごう
Examinee Registration Number

なまえ
Name

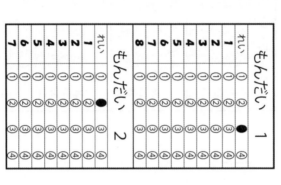

もんだい 1

れい	①	②	●	④
1	①	②	③	④
2	①	②	③	④
3	①	②	③	④
4	①	②	③	④
5	①	②	③	④
6	①	②	③	④
7	①	②	③	④
8	①	②	③	④

もんだい 2

れい	①	●	③	④
1	①	②	③	④
2	①	②	③	④
3	①	②	③	④
4	①	②	③	④
5	①	②	③	④
6	①	②	③	④
7	①	②	③	④

もんだい 3

れい	①	●	③
1	①	②	③
2	①	②	③
3	①	②	③
4	①	②	③
5	①	②	③

もんだい 4

れい	①	●	③
1	①	②	③
2	①	②	③
3	①	②	③
4	①	②	③
5	①	②	③
6	①	②	③
7	①	②	③
8	①	②	③

裁剪線 ✂